뒤안길, 사람을 보다

뒤안길, 사람을 보다

한기연 수필집

도서
출판 북인

무명빛에 담는 수필

사계절 빛나는 빛깔이 좋다.
봄의 빛살, 갈맷빛 바다, 감빛 단풍, 하얀빛 눈꽃이 피는
바로 그때
수려한 자연에 스미는 사람들과 눈을 마주친다.
그들의 시선으로 바라보고 공감하며
다채로운 세상일을 한 편의 글에 담고 싶은
욕심을 부린다.

내 삶의 갈피에 묻은 희로애락을 수필로 쓰면서
아프고 시린 마음을 다독이기도 하고
기억을 잃어가는 엄마의 고단한 삶을 들여다보며
눈물이 하염없이 흐르는 밤을 보냈다.
무시로 글이 잘 써지면 좋으련만
늘 한계에 부딪히면서 왜 쓰지 못해 안달일까?

애면글면하면서도 글을 쓰는 까닭은
'아프고 시리다'고 소리지르지 않아도
문장 한 줄이 위로와 힘이 되기 때문이다.

바람과 산빛이 화려함으로 채색하는 시월
흰 색 무명천에 고이 옮겨 물들이듯
한 올 한 올 실타래 풀어 책을 엮는 일이 수나롭지 않다.
글공부도 제대로 하지 않아 행간마다 미완성의 글이지만
내 나이 쉰여섯의 의미를 담아 글을 선정하고
촘촘히 살아온 민낯을 드러내는
첫 수필집,
더 좋은 글을 쓸 수 있는 토대로 삼는다.

아직은 딸을 알아보는 엄마가 계셔서 다행이고
무엇보다 나의 성장과 꿈을 지지해주는 남편과
여행지기인 든든한 큰아들 상영,
살갑게 챙기는 둘째아들 남영
가족의 인연으로 단단해진 붙이사랑, 고맙습니다.
글에서 숨길 수 없는 사람됨으로
글을 쓸 수 있게 끌어주신 반숙자 선생님께도
온 마음으로 감사함을 전합니다.

2024년 시월
한기연

Contents

제1부 뒤안길, 사람을 보다

제2부 낡은 의자

제3부 바람길

제4부 파장

제5부 아름다운 마침표

제1부
뒤안길, 사람을 보다

꿀벌 페르소나

벌써 삼십여 분째 상대방의 말을 듣고 있다. 휴대폰으로 전해지는 목소리에는 흥분된 감정과 서운함이 담겼다. 아무에게도 하지 못하는 속내를 털어놓으며 감정을 누그리는 중일 것이다. 충분히 이해하기에 대답하고 공감해주며 들어준다. 말끝에 '오늘 말은 잊으라'라며 당부 아닌 당부를 한다.

관계에서 오는 스트레스를 허심탄회하게 쏟아낼 정도로 신뢰하는 사이가 되기까지 오랜 시간이 걸렸다. 타인의 말을 한번 듣고 잊어버리는 나의 습성이 장점으로 주목되는 순간이다. 주변인으로부터 받는 스트레스를 풀 대상이 있다는 것은 얼마나 다행인가? 가끔 한마디씩 거들면서 의견을 말해보기도 하지만 나는 아직까지 여러 개의 '페르소나'를 가지고 상대를 대한다.

페르소나persona는 라틴어로 '가면'이라는 의미다. 심리학적으로는 타인에게 파악되는 자아 또는 자아가 사회적 지위나 가치관에 의해 타인에게 투사된 성격을 말한다. 사회적 관계에서 많이 사용하는 말로 사람들은 누구나 많은 페르소나를 가지고 있다. 남들에게 보여줄 수 있는 모습, 들키면 안 되는 모습, 나만이 알고 있는 나의 문제, 수치, 두려움,

감추고 싶은 나의 모습들을 만나는 사람마다 다르게 보여준다. 누군가에겐 많이 보여줄 수도 있고, 또 어느 누군가에겐 아예 보여주고 싶지 않은 모습이 있다.

성인이 되면서부터 가면이 하나씩 더 추가되었다. 나를 드러냄으로써 받았던 상처가 만나는 사람마다 다른 가면을 쓰고 대하는 방어기제로 작용했다. 내가 아는 나와 타인이 바라보는 나의 모습은 괴리감이 크다. 그런 점이 내게는 스트레스로 작용하고 있다. 스트레스를 마주하면 적극적 대처보다는 '신포도'의 논리로 자기합리화를 하기 일쑤다. 문제해결보다는 소극적인 회피에 가까운 편이다.

스트레스는 두 얼굴을 지니고 있는데 긍정적 스트레스eustress와 부정적 스트레스distress가 그것이다. 긍정적 스트레스는 당장에는 부담스럽더라도 적절히 대응하여 자신의 삶이 더 나아질 수 있는 스트레스이다. 반면 자신의 대처나 적응에도 불구하고 지속되는 스트레스로 불안이나 우울 등의 증상을 일으킬 수 있는 경우는 부정적 스트레스다. 적절한 스트레스는 우리의 생활에 활력을 주고 생산성과 창의력을 높일 수 있다. 즉, 스트레스에는 긍정적 혹은 부정적 생활사건 모두가 포함될 수 있다. 그러나 주로 부정적 생활사건과 관련된 스트레스만을 가리킬 때를 일반적으로 스트레스 상황으로 인식하고 있다. 따라서, 스트레스 상황을 부정적으로 받아들이면 결국 질병으로 가게 되지만, 긍정적으로 받아들이면 생산적이고 행복해질 수 있다.

꿀벌은 꽃가루를 운반해 꽃과 식물의 번식을 도와 생태계를 보전하고 농작물의 재배 과정에서 해충을 잡아먹어 병충해가 들지 않도록 도움을 준다. 간혹 꿀벌에게 가까이 접근하면 침을 쏘기도 하지만 얻는 것은 더욱 많다. 꿀벌의 침처럼 스트레스도 때론 삶의 활력을 주는 요소가 된다. 그 상황을 견디면서 인내를 배우기도 하고 나 자신을 돌아보기도 한다.

사람과의 관계에서 보이는 수많은 페르소나가 모두 나의 모습임은 분명하다. 사소한 말투나 행동이 스트레스를 주지만 그에 대한 대처는 미숙하기 그지없다. 거짓된 가면을 솔직함으로 마주하는 용기가 필요하다. 머뭇거리지 말고 스트레스 상황을 긍정적으로 전환하여 독침을 날리고 관계에서 표류하지 않는 노력을 해야겠다. 긍정적 결과를 가져오는 유쾌한 변화를 바라며 적당한 자극을 즐길 줄 아는 모습을 그려본다. 그러다보면 내가 쓴 가면을 몇 개쯤은 줄일 수 있지 않을까?

숲과 나무

종일 비가 내린다. 초여름 더위가 빗줄기에 씻긴 듯 시원하다. 쏟아지는 빗길을 운전하며 라디오를 틀었다. 나즉나즉 들리는 빗소리, 조용한 음악이 날씨와 잘 어울린다는 생각을 하며 기분 좋게 수업을 하러 가는 길이다. 선곡된 음악이 끝나고 진행자들의 유려한 멘트가 나온다. 올해도 벌써 절반이 지났고, 한 달, 두 달 헤아리다보니 세월이 참 빠르다.

6·13 지방선거로 당락이 가려지고 7월 1일부터 민선 7기가 시작되었다. 2016년 말, 촛불혁명으로 새로운 정부가 수립되고 나서 1년 1개월 만의 지방선거에서 국민은 투표로 답을 하였다. 1995년 첫 지방선거 이후에 최고치로 투표율은 60.2%였다. 민주주의의 꽃은 선거이다. 선거 후 투표결과에 대해 한 전문가는 촛불시위로부터 시작된 국민의 관심이 바뀔 수 있다는 희망으로 이어져 투표율이 높았다는 분석을 내놓기도 했다.

중앙선거관리위원회의 정보공개에 의하면 이번 선거에서 유권자 1명이 투표에 불참함으로써 버려진 비용은 2만 5,000원이라고 한다. 4년 전 지방선거 투표율 56.8%를 가정할 때, 투표 불참으로 인해 버려지는 세금은 4,622억 원에 이른다. 지금까지 투표를 하면서 비용에 대해서는 생각을 안 해봤는데 상상도 못할 금액이었다.

또한 유권자 4,290만 명이 사용한 투표용지를 높이로 쌓으면 30㎞로 백두산의 10배를 넘고, 한반도 길이의 50배에 달한다고 한다. 이처럼 선거는 국민의 권리인 동시에 나라의 막대한 예산이 사용된다. 투표용지와 후보자의 선거벽보와 공보에 해당하는 종이의 무게는 모두 1만4728톤으로 25만376그루의 나무에 해당된다. 이 나무를 다시 땅에 심으면 독도의 4.5배 규모에 이르는 숲을 조성할 수 있다고 한다.

이와 같은 경제적 비용뿐 아니라 지역마다 각기 다른 사연으로 홍역을 치르고 새로운 리더에게 희망을 품기 시작했다. 지방정부의 최고 책임자는 지역 주민을 대표해서 일상의 시계가 초침처럼 움직이고 있다. 이해당사자들과 정치적 관계를 유지하면서 지역 현안 문제를 해결하기 위해 지방의회, 중앙정부 더 나아가 민간 부문과의 설득과 협력을 통한 능력을 펼칠 때가 온 것이다. 이러한 일들은 모두 지역 주민을 위해 수행되어야 할 것이다. 그 어느 때보다도 국민들의 정치에 대한 관심은 높아졌다. 지역 리더의 말 한마디와 행동은 주민을 향해 있고, 지역 주민들은 곳곳에서 예리한 눈으로 지켜보고 있다. 지역 리더의 행보에 대한 관심은 주민들이 거는 기대와도 맞물려 있다. 선거 때 내세운

공약이 실천으로 이어지길 바라는 마음이기도 하다.

지방자치제도는 '풀뿌리 민주주의'라고 불린다. 풀은 잔뿌리가 많은데, 이 뿌리들은 물과 양분을 흡수해 식물들이 성장할 수 있게 해준다. 이처럼 지역 곳곳의 작은 문제뿐 아니라 주민들과 밀접한 문제에 이르기까지 세심하게 처리할 수 있기 때문에 붙여진 별칭이다. 이러한 별칭에 걸맞게 민선 7기는 지역마다 새로운 각오로 지역의 경제적, 사회적 여건을 반영한 슬로건을 내세우고 출발했다.

내가 있는 지역은 인구 10만 정도의 지방으로 외국인 거주 비율도 높은 편이다. 각 읍면마다 경제 발전의 편차도 다르다. 그 중에서 내가 살고 있는 곳은 군청 소재지인데도 경제발전은 더딘 편이다. 저녁 8시인데도 음식 배달이 안 되고, 시내 중심에도 사람의 통행이 한산한 편이다. 다른 사람도 나와 다르지 않을 테지만 지역경제가 침체되어 있음을 체감한다. 지역이기주의를 벗어나 다 같이 잘 살았으면 좋겠다. 또한 다양한 분야에 리더의 눈길이 닿길 바란다.

지역 주민 모두가 상생할 수 있도록 두루두루 살피고, 잔뿌리에 스며드는 물과 양분으로 튼실한 나무를 키워 숲을 볼 줄 아는 리더를 희망해본다.

뒤안길, 사람을 보다

연분홍 고운 겹벚꽃이 한창이다. 벚꽃을 제대로 즐기지도 못하고 지나가는 아쉬움을 채우고도 남는다. 날씨는 가늠하지 못할 정도로 하루 만에 겨울에서 초여름으로 바뀌었다.

일요일 밤에 외국인 대상 한국어 이해수업으로 정치 부분을 가르치면서 다른 때보다 더 큰소리로 힘있게 강의했더니 목이 아프다. 우리나라의 민주화과정 중에서 처음 일어난 민주화운동으로 4·19에 대한 사건이었다. 중요 내용을 전달한 후 짧은 영상을 보여주며 이해도를 높인다. 올해 63주년을 며칠 앞둔 시점이라 더 흥분했었나보다.

학창시절 암기과목인 역사는 벼락치기로 공부해도 점수가 잘 나왔다. 역사적 기록, 그 이상의 의미를 생각하지 못했다. 뿐만 아니라 정치에는 무관심했다. 세상일에 조금씩 관심을 두고 심경의 변화가 생긴 것은 관련 사건을 영화로 접하면서부터이다. 거기에 더해 결정적인 것은 외국인을 대상으로 한국어 이해를 가르치면서이다.

한국 사회 이해는 영주권이나 국적 취득을 목적으로 사회, 문화, 경제, 정치, 역사, 지리 부분으로 구성되어 있다. 7년여

동안 가르치면서 교재를 스무 번 넘게 봤지만, 한국인인 나도 어려운 내용이다. 그 내용을 쉽게 전달하기 위해 공부를 할 수밖에 없었다. 그런 과정을 겪으면서 역사적 기록에서 사람이 보이기 시작했다. 일제강점기에 열여섯 어린 나이에 만세운동을 하다 서대문형무소에서 모진 고문으로 순국한 유관순 열사의 앳된 얼굴을 보며 가슴이 먹먹했다. 그 나이에 조국을 가슴에 끌어안은 소녀의 심정은 어땠을까?

역사나 사건을 전개해서 그 안에 숨어 있는 사람과 사회적 배경에 관한 이야기를 전해주는 방송을 즐겨 본다. 하나의 사건은 시대적 상황을 배제할 수 없고 어둠에 가려진 일이 많았음을 자각하며 뒷얘기를 듣는다. '나라면 어땠을까'라는 감정이입을 하면서 범접할 수 없는 신념을 행동으로 옮긴 이들을 존경해본다. 보면 볼수록 무고한 이의 아픔과 죽음이 슬프고 안타깝다.

스물두 살 법학도는 고향 부모님과 집안 어른들의 기대를 알고 있지만, 그 시대 청년학도의 책임을 외면하지 않았다. 4월 19일 오후, 시위대를 향해 경찰의 조준사격이 시작됐고 선두에 있던 학생이 가슴을 부여잡으며 쓰러졌다. 그가 노희두 열사다. 자신의 목숨을 걸고 자유, 민주, 정의를 외치며 불의에 항거했던 민주 열사들, 수많은 젊은 청년이 뿌린 혈흔은 민주주의의 단초가 되었다.

4월만 되면 생각나는 T.S. 엘리엇의 시 「황무지」 첫 구절이 선명하게 새겨진다.

"사월은 가장 잔인한 달/ 죽은 땅에서 라일락을 키워내고/ 추억과 욕정을 뒤섞고/ 잠든 뿌리를 봄비로 깨운다." 시인의 4월은 문학적으로 생명이 탄생하는 화려한 계절이지만 여름 그리고 가을이 지나면 겨울이라는 마지막 순간이 기다리고 있다는 표현일 것이다. 따뜻한 봄날 피어날 꽃을 기다리고 즐기지만, 또 지게 되는 끝이 있음을 알고 시작하는 이별을 전제로 하는 만남이다.

그와는 다른 의미로 우리나라 역사상 가장 잔인한 달로 표현되는 4월에 수많은 생명의 상실이 있었다. 세상 사람들에게 알려진 지 얼마 안 된 제주 4·3사건은 갓난아이부터 노인까지 수많은 주민의 희생이 있었다. 고립된 섬에서 사투를 벌인 참극은 무려 7년여 동안 이어졌다. 4·3사건을 몸소 겪은 사람들은 평생을 어떻게 살았을지 짐작도 할 수 없다. 보기만 해도 숙연해지는 노란 리본이 거리에 가득한 것도 이맘때다. 어린 자녀의 죽음을 가슴에 묻어야만 했던 4·16 세월호 참사의 기억은 영원히 바다에 묻히지 않을 것이다.

연한 초록으로 산천이 봄빛을 드러내고 점점이 꽃으로 피는 봄처럼 그들의 청춘도 아름다웠을 것이다. 어느 사건이든 이름 없는 사람의 고귀한 희생이 뒤따르고 절절한 사연이 깊게 묻혀 있다. 해마다 다시 오는 봄처럼 잊을 수 없는 그들의 삶과 시간을 마주한다.

아리랑 단상

흥겹게 〈아리랑 목동〉을 여러 번 반복해서 부르면서, 결혼 이주여성을 대상으로 한 소절씩 가르쳤다. 10월에 있을 다문화축제에서 한국어반도 학생들과 함께 참여하고자 노래 연습을 하게 되었다. 학습자의 구성은 나라도 달랐고, 학습 수준의 편차도 심했다. 장기자랑으로 노래를 선택한 뒤에는 선곡을 하는 데 어려움이 있었다. 고민 끝에 〈아리랑〉과 〈아리랑 목동〉 중에 잔칫날에 더 어울리는 〈아리랑 목동〉으로 결정했다.

첫 연습을 하면서 혼자 신나서 부르고, 이 곡이 얼마나 흥겹고 대중의 호응도를 끌어낼 수 있는지를 강조했다. 그런데 학생들의 반응은 시큰둥했다. 처음이라 그러려니 하고 다음 시간에도 수업이 끝나기 전에 연습을 하기로 했다. 수업이 끝나고 계단을 내려오는데 학생 한 명이 내 옆을 따라오며 "아리랑이 더 좋은데요…" 하며 고운 목소리로 〈아리랑〉 앞 부분을 부르기 시작했다. 순간 둔기로 뒤통수를 맞은 기분이었다. 그 학생은 카자흐스탄에서 온 스물일곱 살 된 아가씨였다.

우리나라의 전통 민요 〈아리랑〉은 단순한 노래로서 반복적인 '아리랑, 아리랑, 아라리요'라는 여음과 지역에 따라 다른 내용의 사설로 불리고 있다. 노랫말에는 인간의 보편적인 감정과 삶에서 느끼는 희로애락과 애환이 담겨 있다. 단순한 음률과 노랫말은 상황에 따라 편곡과 개사가 가능하고, 함께 부르기 쉽다. 또한 전통음악을 넘어 대중가요는 물론 관현악곡으로도 편곡되어 호소력 있게 청중으로 하여금 심금을 울린다.

이산가족의 아픔을 겪고 있는 상황에서 아리랑은 남과 북의 화합에서도 힘을 발휘한다. 2000년 시드니올림픽 개회식에 남한과 북한의 대표팀은 공동입장 당시 아리랑을 불렀다. 또한 2002년 한국과 일본의 월드컵 경기가 진행되는 동안 '붉은 악마'는 아리랑을 날마다 불렀다고 한다. 국가적으로 중요한 순간이나 하나로 응집된 힘이 필요할 때 한목소리로 부른 노래다. 피겨의 여왕 김연아 선수는 2011년 세계피겨스케이팅 선수권대회에서 아리랑 선율을 주제로 편곡한 〈오마주 투 코리아Homage to Korea〉라는 음악을 배경으로 연기하기도 하였다.

아리랑은 고향을 떠나서 타국에서 생활하고 있는 경우에 더 애틋해지고 더 많이 부르게 된다. 해외에서 한국인이라는 정체성을 찾고, 이방인의 설움을 〈아리랑〉을 함께 부르면서 견디곤 한다. 어머니의 자궁을 이어주는 탯줄처럼 뿌리를 잊지 않도록 해주는 연결의 노래이기도 하다. 그런데 정작 한국에 살면서는 그 노래가 담고 있는 의미를 잃어버리는 경우도 많은 것 같다.

2022년 11월 1일 기준 인구주택총조사 자료에 의하면 국내 거주 외국인 주민 수는 226만 명으로 총인구 대비 4.4%를 차지하며 최대 규모를 기록하고 있다. 이제 더 이상 단일민족을 내세우는 것은 무의미하다. 사회와 경제 전반에 걸쳐 많은 부분에서 외국인이 제 몫을 해내고 있다. 그러나 분명한 것은 다양성이 존재하는 사회에서 누구에게나 뿌리는 있다는 것이다. 아리랑을 구성지게 부른 그녀의 부모는 고려인이었다. 아리랑은 우리가 어릴 적 교과과정에서 배우거나, 배우지 않아도 주변에서 자연스럽게 들어왔다. 그녀는 카자흐스탄에서 부모님이 부르는 노래를 듣고 자랐다고 한다.

아리랑을 계단에 서서 한 소절 부르던 그녀의 모습은 며칠 동안 잊히지 않았다. 너무 쉽고, 느린 곡조라서 축제에는 어울리지 않는다고 판단한 내 자신이 부끄러웠다. 며칠 뒤 수업 시간에 아리랑을 불렀다. 느리지만 반복적인 가사와 음률을 쉽게 따라했다. 함께 부르기 좋은 곡으로 그들은 가장 한국적인 것을 선택했다. 교실에 울려 퍼지는 아리랑 곡조에 그녀가 소프라노처럼 고음의 목소리를 내고 있다.

공생공사空生空死

꽃샘추위를 견디고 벚꽃이 활짝 폈다. 길가에 노랗게 피어 있는 개나리꽃이 완연한 봄임을 말해준다. 사정리 저수지를 끼고 수업을 오가는 이 길에서 계절마다 다른 색깔로 위안을 주는 자연을 만난다. 오늘 따라 유난히 호수와 나무가 아름답게 보이는 것은 지인이 겪은 일상이 준 파문 때문인지도 모른다.

엊저녁 지인과 통화하면서 옆에서 본 것처럼 생생한 그날의 사건을 듣게 되었다. 그분이 옆집에서 불이 난 줄 알고 신고하면서 살고 있는 시골 마을에 소동이 일어났다고 한다. 옆 집 굴뚝에서 시커먼 연기가 피어올라 가보니 아궁이에 플라스틱 소재로 된 것을 태운 것이 원인이었다. 그분은 자신의 경솔함을 책망하며 헛걸음을 한 소방대원들과 마을 사람들에게 미안해하셨다. 그런 그분에게 '선생님 같은 분이 계셔서 미리 큰 불을 막을 수 있다'며 불이 나지 않아서 다행이라 했다. 아마 그분에게도 고성산불의 잔영이 남아 있었나보다.

지난 식목일을 앞두고 전국민을 안타깝게 했던 산불이 발생했다. 강원도 고성군 토성면의 도로변 전선에서 불꽃이 발생하여 고성군에서 속초시 지역까지 걷잡을 수 없을 정도로 번져나간 산불이다. 이 시기에 백두대간의 동쪽 지역은 '양강지풍(양양과 강릉 사이에 부는 국지성 강풍)'이 매년 반복된다고 한다. 태풍급의 강풍으로 조기진화가 불가능했고, 동시에 넓은 지역으로 화마가 옮겨간 것이다. 전국적 재난 수준인 3단계로 격상하여 고성군 및 속초시 주민들에게 대피령이 내려졌다. 학교도 휴교령이 내려졌고, 통신장애는 물론 정전까지 아수라장이었다. 다행히 정부의 체계적인 총력 대응으로 이튿날 진화가 되었다.

이번 산불로 산림 1,757ha가 불에 탔고, 재산 피해는 물론 애석하게도 인명 피해까지 있었다. 1996년 4월에도 강원도 고성군 일대에는 큰 산불이 있었다. 인근에 위치한 육군 사격장에서 불량 TNT를 처리하는 과정에서 규정을 제대로 지키지 않아 발생한 불꽃이 강풍을 타고 번져 나갔다고 한다. 산림 두 배가 넘는 3,834ha 면적을 태운 사건이었다. 산림청과 사고대책본부의 조사 결과에 의하면 해당 산림 지역의 토양이 심하게 훼손되어 원상 복구에만 최소 40년에서 최대 100년은 걸릴 것으로 예측했다. 또한 먹이사슬이 단절되고 씨앗이 퍼지지 않아 공식적인 소실 면적의 세 배인 1만ha에 이르는 지역이 생태학적으로 피해를 입은 것으로 추산되었다. 불에 탄 부분은 이산화탄소 흡수 기능이 사라졌으며, 민통선과 설악산으로 잇다은 생태 통로도 수십 년 동안 끊어질 것으로 추측되었다.

인재人災든 천재天災든 위기상황에서 하나로 마음을 모으는 국민의 힘은 대단했다. 유관기관은 물론 전국에서 구호물품과 자원봉사자들의 도움이 이어졌다. 뉴스를 통해 삶의 터전을 잃고 망연자실 실의에 빠져 있는 이재민을 돕는 각계각층의 손길을 볼 수 있었다. 외국인의 눈에도 그런 모습이 보였나보다. 지난 번 외국인근로자를 대상으로 하는 한국어 수업을 끝마치고 오려는데, 네팔 학생이 조용히 내게 왔다. 그러더니 이번 산불 피해 지역에 성금을 모아서 보내고 싶은데 방법을 물었다. 한국 사회에서 함께 살아가고 있는 그들의 마음이 느껴졌다.

정부는 이번 산불로 피해를 입은 지역을 특별재난지역으로 선포하였다. 사람의 힘으로 가능한 복구는 빠르게 이어질 것이다. 그러나 한번 훼손된 산림은 화마가 휩쓴 상처로 오래도록 남아 있을 것이다. 어찌할 수 없는 경우를 차치하고라도 우리는 자연을 외면하고, 흠집을 내며 편리한 삶을 추구해왔다. 파괴된 환경으로 푸른 하늘을 마음껏 볼 수 없는 날이 많아지고 있다. 철마다 다른 꽃으로 사람들의 마음을 품어주던 숲과 나무가 되살아날 수 있도록 상처를 보듬는 일은 온전히 우리의 몫이다. 그것이 함께 기대어 살 수 있는 길이리라.

그녀의 시선

저녁나절, 굽은 산길을 운전하기는 쉬운 일이 아니다. 혼자라면 엄두도 못 냈을 길에 동승자가 있어서 다행이다. 오고 가는 삼십 분 정도의 짧은 시간 동안 많은 이야기를 나눈다. 기억을 조금씩 잃어가는 엄마와 같은 연세신데 전혀 다른 삶을 살아온 그분의 생각을 듣는다. 문우로 만난 지 이십 년도 더 되었는데 이렇게 많은 얘기를 나눈 게 처음이다.

8월 중순부터 음성 예술인을 대상으로 젠더감수성 교육이 있었다. 페미니즘 동아리를 하면서 어렴풋이 알고 있었지만, 확실히 '이거다'라고 말할 수 있을 정도는 아니었다. 첫 시간에는 '우리가 먼저 기르는 젠더감수성'이었다. 젠더감수성은 자신과 다른 이성의 입장과 사상을 이해하는 데 필요한 감수성을 말한다. 즉, 다른 성별에 대한 이해도가 낮으면 젠더감수성이 낮고, 젠더감수성이 높다는 것은 성별 이해도가 높고 성차별을 하지 않는 것이다.

'차별을 볼 수 있어야 평등이 보인다'는 강연자 말이 수업 내내 뇌리에서 떠나질 않았다. 오십 초반인 내 삶도 남아선호사상의 사회적 환경과 남성 중심의 사회에 익숙해 있었다. 남성과 여성의 역할이 사회적으로 정해져 있었고, 그것을 벗어나면 규범을 어기는 것으로 여겼다. 전통적인 생활방식에서 벗어나 현대적인 생활방식의 변화를 겪으면서 여전히 남성과 여성의 성차별적 요소는 곳곳에 존재하고 있다. 내가 자란 환경 속에서 무의식적으로 학습된 교육은 그것이 차별인지 모른 채 당연하게 받아들이며 살아왔다.

여자들 역시 스스로 가두어놓은 관습의 벽을 쉽게 허물지 못했다. 나 또한 성역할에 따른 고정관념을 당연한 것으로 인식하고 살았다. 우리 사회 곳곳에 만연된 남성 중심의 언어 사용과 사회적 편견을 문제라고 생각해본 적이 없다. 차별에 대한 인지도 못하고 살았다. 강의를 들으면서 당연하게 여겼던 것들을 예민하게 보고 민감성을 키우는 관심과 태도가 필요함을 알게 되었다. 가부장적 세대를 살아온 남편이 '여자가~'로 시작하는 말에 심기가 불편해졌다.

교육을 받고 오면서 영화에 대해 의견을 나눴다. 그날은 '영화로 보는 성평등'이 주제였다. 자료 첫 장에 사진이 인상적이었다. 2년 전 영화계 여성의 주체성 회복을 위한 국회 토론회로 '한국영화, 사라진 여성을 찾아라'라는 선명한 문구가 걸린 현수막이었다. 영화 제목처럼 보이는 이 문구를 보면서 '도대체 무슨 얘길 하는 거지?'라는 의문이 들었다. 2017년 흥행했던 열여섯 편의 영화 포스터를 조각처럼 모아놓고 여성 부재의 심각한 현실을 보여주었다.

정말 그랬다. 그 영화들은 극장이나 TV를 통해 대부분 봤었지만, 흥행으로 이끄는 포스터 속에 남성이 압도적이라는 사실을 간과하고 있었다. 포스터에 여성이 보여도 주변인에 불과했다. 지금까지 아무 생각없이 바라봤던 것들이 차별이었음을 알게 되기까지 오랜 시간이 걸렸다. 인간은 누구나 평등하다는 진리를 잊고 살았다.

코로나 이전에는 딸과 함께 영화 보기를 즐겼다는 그분은 봇물 터지듯 이야기를 이어갔다. 영화를 보면서 안목이 생긴 거 같다며 그동안 봤던 몇 편에 대해 이야기를 했다.

강연자는 마지막 마무리를 하면서 〈엑시트〉라는 영화의 장면 장면을 짧게 보여주고 영화 속 여성에 대해 말했다. 이 영화의 감독은 여성에 대한 새로운 시각에서 여성을 주체적으로 남성과 동등하게 표현하였다며 흥분을 감추지 못했다. 영화를 통해 이제는 조금씩 변화하고 있음을 발견하면서 젠더감수성에 대한 희망을 보았으리라. 여성을 위기극복과 윤리적 결단의 주체로서 표현한 〈엑시트〉는 결말도 각자 개인의 삶으로 돌아가는 둘만의 이야기를 담고 있다.

2018년 여검사의 성추행 폭로로 촉발된 '미투운동'은 우리 사회에서 페미니즘을 공론화시켰다. 용기를 내 미투운동에 동참한 여성들을 향해 손가락질하는 여성도 간혹 있었다. 성적 수치심으로 괴로워하는 피해자임에도 평생을 죄인처럼 갇혀 살아야만 했던 그들이 세상 밖으로 나오기까지 죽을힘을 다해 용기를 냈다. 그러나 아직도 많은 여성은 가슴에 묻어둔 채 숨죽여 살아가고 있다.

페미니즘을 '여성주의'로 잘못 인식해 '남성혐오'로 이어지는 것은 바람직하지 않다. 나 또한 페미니즘을 단순히 여성의 권위신장을 위한 단어로만 여겼다. 그런데 페미니즘을 주장하는 이들의 소리에 귀기울여보면 그와는 다르다. 단지 여성의 목소리를 높이자는 소리가 아니라 차이를 인정하는 평등이다. 또한, 존재한다는 것만으로 가치를 인정하는 것이 진정한 페미니즘이 아닐까?

이제 제법 해가 짧아지고, 저녁에는 선선한 바람이 부는 초가을이다. 어둠이 짙게 내린 산길을 동행하는 그분 덕에 쉬이 올 수 있었다. 오랜 세월 굳어진 사고의 틀도 조금씩 무너지고 있다. 교육을 받으면서 공통의 요소가 비슷해서 다행이다. 사유의 폭이 넓은 동승자에게서 더 많은 것을 얻으며, 차별과 평등을 화두로 던진다.

마실 가기 좋은 동네

흐린 날씨로 걱정이었던 어제와 달리 날씨가 좋았다. 서둘러 행사장에 도착하니 많은 사람이 행사 준비로 분주했다. 어제는 수업이 있어서 단체 카톡방에서 오가는 상황을 지켜보며 도움을 주지 못해 미안했다. 3월 마지막 주 일요일, 장날에 기획된 일일음식장터가 이벤트의 신나는 반주를 시작으로 떠들썩해졌다.

반세기 넘게 음성에서 토박이로 살았다. 아직도 그대로인 골목길에서 어린 날을 기억하고 청춘의 설렘과 중년의 위기를 함께 넘긴 소중한 터전이다. 변하지 않는 모습에서 추억을 회상할 수 있어서 좋기도 하지만, 더디게 발전하는 현실을 보는 것은 안타까웠다. 지금까지 강 건너 불구경하듯 방관자처럼 발만 동동 구른 셈이다.

몇 년 전부터 '도시재생'이란 주제로 다양한 뉴딜사업이 음성에서 시작됐다. 거리 곳곳에 붙어 있는 현수막을 보면서 조금씩 관심을 갖고 기회가 생겨 도시재생대학에서 교육도 받았다. 그러면서 점점 막연하게 궁금해했던 '도시재생'에 대해 이해하고 참여하는 계기가 되었다. 말하자면 도시재생은 집이나 건물을 리모델링하듯이 지역의 문제점을 발견하고 재생해서 살기 좋은 마을 만들기에 지역 주민이 직접 참여하는 것이다.

지방자치제는 지역 주민의 삶에 가장 가까이 있다는 의미로 '풀뿌리 민주주의'라고도 불린다. 그 점에서 도시재생은 지역 주민의 참여가 절실히 요구된다. 실천하는 민주주의의 현장에 주민이 중심이 되어 외부로 나갔던 사람들도 다시 고향으로 돌아올 수 있는 여건을 만드는 바탕이 된다.

도시재생 현장활동가로 지역 주민들을 만나면서 이해관계를 좁히고 갈등을 해결하는 일이 쉽지 않다는 사실을 알게 되었다. 그래도 끊임없이 주민을 대상으로 다양한 교육 참여가 이루어졌다. 변화를 긍정적으로 받아들이고 함께 참여하는 주민의 폭을 넓히기 위한 공모사업도 진행되었다.

도시재생대학에서 함께 배운 이들이 뜻을 모아 주민참여사업에 응모했다. 지난 겨울 일주일에 한번씩 만나서 전문가로부터 마을을 이해하는 방법과 강점과 약점을 찾아내어 보완하는 내용을 토대로 강의를 들었다. 모인 사람들 스스로가 마을을 탐색하고 토론하며 서로의 의견을 공유했다. 지도 강사님은 옆에서 조력자 역할을 충실히 해주셨다.

처음 공모사업을 준비하면서 '과연 할 수 있을까?'라는 의구심을 가지고 있었다. 그런데 그 일을 거뜬히 해냈다. 주민 공모사업을 위한 분야를 정하고 이름을 짓고, 세부적인 내용과 추진까지 일사천리로 진행됐다. 물론 사업 진행을 하면서 회원 간의 갈등도 있었지만, 사소한 이해관계를 조정하며 '와유마켓 1일 음식장터'를 성공리에 마쳤다. 이 행사는 차후에 음성에서 진행하게 될 사업의 효과성을 예측해보고 보완한다는 점에서 의미가 더욱 크다. 그래서 주민의 의견을 듣기 위해 노력했다. 직접 판매에 나선 회원들은 음식판매에 집중하고, 나와 다른 팀원은 현장의 분위기를 지켜보고 관찰하면서 문제점과 부족한 부분을 찾으려고 했다. 그래야 실질적으로 사업이 이루어졌을 때 문제점을 최소화해서 더욱 성공적으로 지역사회의 주민들과 함께 상생할 수 있기 때문이다.

마을 중심가 시장통은 저녁 8시만 돼도 문닫는 가게가 많아서 어둡고 조용했다. 몇 십 년을 건물과 도로만 정비되어 침체된 채로 머무는 것이 늘 안타까웠다. 마을에서 공동체의 구성원으로서 함께해야 한다는 생각을 하지 못했다. 마을을 이루며 산다는 것은 무슨 일이든 관심을 가지고 참여한다는 것이리라.

힘들고 지쳤던 일상이 모처럼 흥겨운 리듬과 가수의 구성진 노래로 요란하다. 장터에 모인 사람들의 반응도 뜨겁다. 희망이 없을 것 같았던 거리에서 가능성이 보인다. 어둡던 거리가 마을 사람들로 불을 밝힌 듯 환해졌다. 성장의 기지개를 켜는 마을에 꽃망울이 터지기 시작한다. 아름다운 꽃이 마을 곳곳에 불 밝히듯 피어나길 기대하며 힘찬 박수를 보낸다.

비움과 채움의 뜨락

말로만 듣던 미니멀 라이프minimal life를 실현 중이다. 불필요한 물건과 일을 줄여 자신이 가진 것에 만족해하며, 법정 스님의 '무소유'의 실현으로 오히려 풍요로운 삶을 지향하는 단순한 생활방식이다. 물건을 버리지 못하는 나의 성향에 비추어볼 때 도저히 불가능한 상황이다.

열흘 전부터 냉장고가 고장났다. 서비스센터에 의뢰하려면 시간이 걸릴 것 같아서 가까운 수리점에 의뢰하니 부품이 없어서 불가능하단다. 가전제품에는 관심도 없는 문외한이라 주변에 물어보니 연식이 오래돼 새로 구입하길 추천했다. 인터넷으로 검색해보니 종류도 많고 가격도 천차만별이다. 고장이 나서 못 쓰게 된 것도 당황스러웠는데 새로 구입하는 것도 만만치 않았다.

냉장고 문을 열었다. 꺼내면 꺼낼수록 신기했다. 작은 공간에 구석구석 들어 있는 음식과 저장식품 중에는 기억에도 없는 식품이 더러 있다. 잊어버리고 두 번 사서 쟁여둔 것도 보인다. 우선 냉장이 급한 식품은 조리해서 음식을 만들었다. 그리고 꼭 냉장해야 하는 것은 김치냉장고에 넣었다. 건조식품은 주방 한쪽에 두었다.

토요일마다 청주 한글사랑관에서 수업을 마치고 돌아오는 길에 매번 장을 보는 마트가 있다. 그곳에 가면 유통기한이 얼마 남지 않은 식품을 싸게 파는 코너가 있어서 반조리 식품을 사서 자주 먹는다. 지난 주에도 습관처럼 마트로 향하다가 돌아섰다. 냉장고가 없다는 사실이 떠올랐다. 냉장고가 없으니 신선도가 떨어지고 있는 음식을 먼저 먹어야 한다. 처음의 불편함은 조금씩 익숙함으로 바뀌고 있었다.

비단 냉장고뿐만이 아니다. 컴퓨터 저장공간도 점점 줄어들고 있다. 자료에 대한 욕심이 과하다보니 쓰지도 않고 무조건 저장하는 버릇이 있다. 그런데 몇 개월 전에 예기치 못한 일로 이 또한 의지와 상관없이 비우게 됐다. 랜섬바이러스가 침투해 파일을 무용지물로 만들었다. 가장 먼저 떠오른 것은 지금까지 추억으로 저장해온 사진이었다. 전문가에게 의뢰하니 랜섬이 걸리면 다른 것도 감염될 수 있어서 무조건 없애야 한단다. 어떤 자료가 얼마만큼 있었는지 기억도 못할 정도로 많았기에 당황스러웠다. 그래도 다행히 사진 파일은 손상을 입지 않았다. 불과 며칠 전에 만든 PPT 자료가 가장 아쉬웠지만 미련 없이 털어버렸다.

소크라테스는 "행복의 비결은 더 많은 것을 찾는 것이 아니라 더 적은 것으로 즐길 수 있는 능력을 키우는 데에 있다"라고 했다. 한 글자 한 글자 읽을수록 진리다. 얼마 전에는 문득 내가 갑자기 없어진다면 내게는 소중하고 쓸모 있다고 생각했던 물건들도 타인에게는 쓰레기에 불과하리라는 생각이 들었다. 나를 둘러싸고 있는 물건을 살핀다. 버릴 것이 없어 보인다. 가짓수는 많고 막연하여 어떤 것부터 정리해야 할지 엄두가 나지 않는다.

정리컨설턴트의 조언을 떠올려보면, 상자를 준비해서 현재 사용하는 것, 오래 사용하지 않았지만 반드시 있어야 하는 것, 그리고 오래 사용하지 않고 필요 없는 것으로 분류해서 담는 것이 첫 번째 시작이다. 진짜 버려도 되거나 기부해도 되는 물건을 나누는 것이다. 재검토해봐도 필요 없는 물건, 보관할 공간이 없는 물건, 나의 가치를 떨어뜨리는 물건, 쳐다보면 기분 나쁜 물건 등은 무조건 버린다.

비우고 사는 일이 쉽지 않다. 비단 물건뿐이 아니라 삶의 공간을 차지하고 있는 인간관계, 고민, 생활습관 등 점점 더 여유가 없다. 이번 기회에 공간을 비워야겠다. 우선 계단을 오르듯 천천히 부분적인 정리부터 시작하자. 아름다운 공간에서 삶의 질도 높이고 현명한 소비로 제대로 된 미니멀라이프를 즐길 셈이다.

마지막 숫자

    은행나무의 웅장하고 아름다운 모습에 넋을 잃고 올려다본다. 아산 현충사 이순신 장군 고택 옆에 두 그루의 은행나무는 오백 년을 넘긴 보호수다. 푸른 가을 하늘을 품으로 끌어안은 듯 노란 은행잎이 눈부시게 빛난다. 산빛으로 스며든 붉고 노란 단풍이 절정이다.

    시월 마지막 주 일요일 아침, 벤치마킹을 가기 위해 모인 장소에 들뜬 마음을 누르는 숙연한 분위기다. 여기저기서 어젯밤 사고 이야기로 소란하다. 남편의 전화가 빗발친다. 남편은 큰아들이 가족 단체방에 '이태원 압사사고 엄청 남' 하는 짧은 메시지를 남기고 연락 두절이라며 긴장했다. 메시지를 쓴 시간은 생각할 겨를없이 이태원에 작업실이 있다는 사실만 떠올랐다. 불안한 마음으로 아들뿐 아니라 친구에게 전화해도 받질 않는다. 다시 한번 메시지를 확인하니 아침 7시에 쓴 글이다. 다행이다.

    계단에 털썩 주저앉아 소리내 울고 있는 아주머니가 보인다. 연락되지 않는 딸을 찾아다니다가 연락이 된 후 안도와 함께 자식 같은 젊은이들의 죽음에 울음을 터뜨렸다. 그 마음이 깊숙이 들어와 같이 눈물을 흘린다. 죽음은 누구에게나 슬프고 안타까운 일이지만 자식 또래의 죽음은 가슴에 맺힌다. 그런 일을 보면서 나의 이기심은 '다행이다'라는 안도로 이어진다. 몇 년 전 둘째 아들의 친구가 교통사고로 세상을 떠났을 때도 그랬다. 함께 있다가 헤어진 후 바로 난 사고여서 더욱 가슴을 쓸어내렸다. 자식의 무사함이 먼저였고, 친구의 죽음으로 충격받았을 내 자식의 슬픔이 떠올랐다. 이번 사고로 희비가 엇갈린 사연을 보는 마음이 복잡하다.

세월호 이후 가장 큰 참사라며 국내는 물론 외신 보도까지 도시 한복판에서 일어난 사건으로 떠들썩하다. 거리두기 해제 후 핼러윈 축제를 즐기러 모인 젊은이의 죽음은 살아남은 자의 고통으로 이어졌다. 정부에서는 국가 애도 기간을 정해서 고인의 명복을 기리고 슬픔을 함께했다.

고이 키운 자식을 먼저 보내는 부모의 심정을 헤아릴 수 없을 정도로 참담하다. 화면 속 현장의 울부짖음과 울음소리조차 삼켜버린 슬픈 장면을 보면서 숫자 '1'의 아픔도 다시 생각났다. 어느 아버지가 딸에게 보내는 메시지와 형이 동생에게 계속 다급한 메시지를 남겨도 지워지지 않는 숫자 '1'에 계속 눈물이 흘렸다. 간절한 마음이 담긴 숫자가 '읽음'으로 바뀌지 않는다.

2년 전 겨울, 가장 친한 친구를 잃었다. 마음을 다스리지 못하고 방황했다. 늦은 밤 친구와 주고받던 메시지를 다시 읽어보기도 하고 SNS에 남아 있는 사진을 보며 그리워했다. 일상으로 돌아와 잊고 지내다가 이번 일을 보면서 다시 친구의 SNS에 접속해보니 아직도 그대로였다. 그리울 때마다 남긴 메시지도 그대로 남아 있다. 아마도 친구 남편이 휴대전화를 없애지 못하고 있는 듯하다. 나도 모르게 짧은 글을 또 쓴다.

얼마 전 TV에서 '홍제동 방화사건'을 다룬 프로그램을 보게 됐다. 그날의 방화사건으로 여섯 명의 소방관이 희생됐다. 겨울 추위도 아랑곳없이 무너진 건물더미를 장비 없이 맨손으로 치우는 동료 소방관들의 절절함과 구조 후 연이은 동료의 죽음에도 슬퍼하지 못하고 현장을 지켜야 했던 사명감에 가슴이 먹먹했다. 그날의 기억으로 말을 잇지 못하는 소방관은 마지막에 숫자 '46과 '47'에 대해 말하며 또 한번 눈물을 삼켰다. 그 숫자는 무전으로 주고받는 약어다. '46은 '알아들었어?'이고 '47은 '알아들었다'는 대답을 의미한다. 마지막 교신이 되어버린 숫자가 바닥으로 떨어진다.

은행잎이 바람에 흩날린다.

꽃 피는 길 따라

좋은 날이다. 바람은 잔잔하고 하늘은 맑고 푸르러 가만히 서 있어도 봄 햇살이 쏟아진다. 꽃은 얼마나 피었으려나? 지인 여럿이 차 한 대를 빌려 광양 매화축제에 가는 날이다. 여의치 않아서 함께 가지는 못했지만 마음은 이미 그들이 탄 차에 올라탔다.

계절마다 피고 지는 꽃을 유난히 좋아하는 언니가 있다. 몇 년 전에 함께 간 제주도에서는 동백꽃이 절정인 시기를 지나서 아쉬워하며, 꽃 필 때 '다시 한번 오자'는 말을 했다. 무덤덤하고 둔감한 나와는 달리 철 따라 피고 지는 꽃에 예민하고 감성적인 편이다. 강하게 보이는 모습 뒤로 숨겨진 감성을 엿본다. 꽃 얘기를 할 때면 얼굴이 환해지고 꽃구경 가자고 들썩인다. 그러더니 어느날, 봄을 제일 먼저 알리는 매화를 보러가자고 여행 동지를 모으고는 꽃나들이를 갔다.

점심을 먹고 교수님 몇 분과 가볍게 산책을 했다. 지난해부터 대학교 교양학부에서 한국어 강좌를 시작했는데, 올해는 수업 요일이 같다보니 다른 교수님들과 친분을 쌓을 기회가 많아졌다. 벚꽃 길 따라 걷다보니 작은 연못이 보인다. '이런 좋은 곳이 있다니 몰랐다'라며 저마다 한마디씩 거

든다. 노란 색으로 가지마다 점을 찍은 산수유도 보이고, 솜털처럼 보송한 목련 꽃망울도 보인다. 매화 꽃구경에 함께 가지 못한 아쉬움이 사라진다.

꽃구경이 한창인데 휴대전화 진동음이 울린다. 서해 수호기념일을 앞두고 '추모시 낭송'을 부탁하는 전화다. 잊고 있었다. 따스한 봄이 와도 얼음장처럼 차가운 겨울에 머무는 사람들의 아픈 사연을 떠올린다. 제2연평해전, 천안함 피격, 연평도 포격전에서 서해를 지키기 위해 목숨을 다한 쉰다섯 분의 용사를 기리는 서해 수호의 날은 3월 넷째 주 금요일이다. 열아홉 살, 스무 살, 스물한 살…, 어린 아들을 가슴에 묻고 부모는 어찌 살았을까? 국가의 부름에 응한 아들이 바다에서 영원히 돌아오지 못하는 이별을 마주한 심정은 짐작으로도 먹먹해진다.

십여 년 전 둘째 아들은 상의없이 해병대를 지원했다. 예전보다는 짧은 기간과 군생활이 좋아졌다고는 했지만, 그래도 해병대는 훈련이 세다는 인식을 갖고 있었다. 입대날 훈련소에 두고 오며 눈물을 보였다. 그 후 군대 가기 전 다쳤던 발목 수술을 하기 위해 나왔을 때도 후유증이 남지 않을까 염려되었다. 해병대의 마지막 관문인 무박행군을 마치고 제대하기까지 애면글면 마음쓰고 노심초사했다.

월드컵의 열기로 뜨거웠던 2002년 6월, 연평도 앞바다에는 총성이 울렸다. 참수리 357호 대원들이 감내했던 그날의 이야기를 담은 영화 〈연평해전〉을 보면서 숨죽여 울던 기억이 선명하다. 누군가의 남편이자 연인으로 또는 든든한 아들로 평범한 일상을 꿈꾸던 그들이 사랑하는 전우와 가족, 그리고 나라를 지키기 위해 분초를 다투던 숭고한 희생 앞에 숙연해진다. 아들이 해병대와 인연이 있어서일까? 바다를 지키기 위해 고군분투하던 그들의 모습에서 아들의 얼굴이 보여 한참을 울었다.

당시 조타실에서 실종되어 나중에 인양된 조타장 고故 한상국 상사님은 발견 당시 손이 조타키에 묶여 있었다는 사실이 아직도 강렬하게 남아 있다. 몸에는 총알과 파편이 박히고 숨도 쉴 수 없을 정도로 긴박한 상황에서 오로지 사명감으로 버틴 젊은 용사가 지킨 바다는 고요하다. 살아남은 전우들은 그들대로 '살아 있어 미안하다'라는 죄책감을 안고 살았다. 평화로운 일상을 누린 국민의 한 사람으로 그들이 고통을 조금 더 내려놓기를 바랄 뿐이다.

봄이 오면 피고 지는 꽃을 보며 자연의 아름다운 순간을 누린다. 일상의 행복이 감사함으로 차오른다. 꽃 따라 길을 걷다보니 어느새 바다에 닿는다. 바다에 가라앉은 청춘의 꽃, 해마다 3월이면 수면 위로 떠오른다. 묵직한 돌덩이 건져올리듯 기억해야 한다. 꽃보다 아름다웠던 그들의 젊음은 결코 헛되지 않았다는 것을.

비꽃으로 내리는 약비

어제는 오후가 되자 날씨가 흐려지고 바람이 불기 시작했다. 비 내리기 전 징후로 기대를 할 만해 보였다. 그런데 막상 내린 비는 땅에 닿기도 전에 증발하여버린 마른 비였다. 기대가 큰 만큼 실망도 컸다. 일요일인 오늘도 아침부터 바람의 기운은 심상치 않다. 하늘은 금방이라도 비를 쏟아부을 태세다. 오후 5시가 다 되어 반갑게도 장대비가 쏟아졌다. 올해 들어 처음 본 굵고 세찬 비였지만 아쉽게도 한 시간 남짓 쏟아지다 그쳤다.

요즘 비에 대한 관심이 커졌다. 비단 나뿐만이 아니고 온 국민의 염원으로 전국 곳곳에서 기우제를 지내고 있을 것이다. 옛날에는 가뭄을 '한발'이라고 불렀다고 한다. 중국 남방에서 사는 발이라는 귀신이 나오면 가뭄이 들어서 한발이라고 했고 이 귀신을 달래서 보내는 의식이 바로 '기우제'였다.

남편이 일구는 작은 텃밭에서 해마다 유기농 채소를 마음껏 먹었다. 밭에 푸성귀가 어떻게 자라는지에 대해서는 관심이 없었지만, 올해는 유난히 물통을 나르는 모습이 보였다. 그러면서 물을 아무리 줘도 비가 오는 것만큼 못하다며 푸념하였다.

농사를 짓는 분이 비에는 땅에 필요한 성분이 있는데 물에는 없어서 필요한 영양소를 섞어서 주어야 하고 많이 주어야 흙으로 스며든다는 얘기를 해주셨다. 가끔 텃밭에 가보면 남편의 말이 이해가 되었다. 작년에는 씨를 뿌리면 뿌리는 대로 잘 크고 씨가 퍼져서 심지 않아도 푸성귀를 키워내더니 올해는 상추만 겨우 버티고 있다.

가뭄이니 기우제니 하는 것은 농사를 본업으로 하는 이들에게만 해당하는 일인 줄 알고 살았다. 가뭄이 심하면 농작물 농사가 어려워 정부의 관심도 농촌지원책에 있었다. 지난 22일 정부는 가뭄에 대한 대응 상황과 추가 대책을 집중적으로 점검하였다. 올해 누적 강수량은 186㎜로 평년의 50%에 불과하며 가뭄이 계속될 경우 7월부터 일부 지역은 생활용수 공급 등의 제한급수를 시행한다고 한다. 이제 가뭄은 농촌만의 문제가 아니라 도시민의 문제로 확대되어 마실 물조차 말라가는 서민의 삶을 위협하는 자연재해다.

10여 년 전부터 세계에서는 물 부족으로 고생하는 나라가 생겨나고 물 전쟁이 시작됐다. 우리나라도 이제 안심할 때가 아니다. 대동강 물을 팔아먹은 봉이 김선달의 일화가 현실이 되어 생수를 팔고 사는 시대를 살고 있다. 그래도 우리나라는 언제 어느 곳에 가든 정수기가 있어서 공짜로 물을 마음껏 마실 수 있고, 행사장에는 늘 생수병이 준비되어 있다. 생수병에 물을 한 모금만 마시고도 버리기 일쑤이다.

2년 전 스페인과 이탈리아를 갔다온 후 우리나라의 넘치는 물 인심을 실감할 수 있었다. 그곳에서는 식당에서도 돈을 주고 물을 사먹어야 했다. 물값이 비싸서인지 한 모금도 버리기가 아까웠다. 여행하면서 집에 돌아가면 물을 아껴 써야겠다는 생각했지만, 습관을 바꾸기가 쉽지 않았다.

음성군도 얼마 전 기우제를 지냈다. 일주일에 두 번 정도는 음성에서 금왕으로 가는 길목인 사정리 저수지길을 가게 된다. 물이 차 있던 곳과의 경계가 분명히 드러날 정도로 말라 있다. 운전하면서 라디오를 즐겨 듣는데 가뭄에 관한 이야기가 많이 나온다. 비가 온다는 기상예보라도 있는 날에는 지역 곳곳의 청취자를 연결해 비 오는 상황을 생생하게 전하기도 한다.

비에 대한 속설과 정보를 알려주며 비를 향한 염원을 들려주기도 한다. 라디오나 TV를 통한 경각심이 '물'에 대한 생각을 바꿔주었다. 위기를 기회로 삼아 가뭄을 잘 이겨낼 수 있도록 비싼 물값 치른다는 심정으로 물을 아껴 써야 할 때인 것 같다.

비를 표현하는 우리말을 찾아보니 수십 가지도 넘는다. 어느 비라도 좋으니 하루에 한번씩 내렸으면 좋겠다. 가뭄에 단비처럼 요긴한 때에 내리는 약비가 될 것이라 믿는다. 몇 방울의 빗방울도 비꽃인 듯 고맙고 소중하다. 사람도 이와 같을까? 곁에 있을 때는 모르다가 떠나면 그리워지니 말이다. 그 어느 때보다 빗소리의 선율이 그립다.

밥 한번 먹자

주말 저녁, 오랜만에 금방 지은 밥으로 저녁상을 차렸다. 반찬은 많지 않지만, 햅쌀로 지은 밥 냄새가 식욕을 돋운다. 식탁에 남편이 얻어온 김장김치 한 포기를 꺼내 놓고 찰기가 흐르는 밥 한 그릇을 폈다. 밥상을 차려두고 돌아서니 함께 먹자며 채근한다. 간식을 먹은 터라 배가 고프지는 않았지만, 갓 지은 밥과 김장김치가 구미에 당기고, 마주 앉아 식사한 지도 오래라 미안한 마음에 함께 밥을 먹었다.

몇 년 전 방랑식객으로 불리며 방송 활동을 하던 자연요리가의 안타까운 죽음을 접하게 되었다. 그를 생각하면 '어머니의 정'으로 자연의 재료를 이용해 밥상을 차려내던 모습이 떠오른다.

그는 친어머니와 양어머니에 대한 아픈 사연을 간직하고 길에서 인연을 맺는 사람들에게 기꺼이 음식을 대접한다. 길 위에서 만난 어머니와의 이야기도 함께 있는 영화 〈밥정〉은 밥으로 정을 나누는 그의 인생을 다큐멘터리로 보여주었다. 요리가 아닌 정을 차려내는 그의 선한 웃음은 잊히지 않는다.

요즘에는 집에서 요리하는 일이 드물다. 바쁘기도 했지

만, 남편과 둘이 지내면서 끼니를 챙기는 일에 대해 소원해지기도 했다. 이틀에 한번 밥을 해서 냉동실에 얼려놓고, 찌개만 끓여놓고 김과 달걀만 준비해놓는 정도의 살림을 살고 있다. 고맙게도 남편은 불평불만 없이 냉동실에 얼려둔 밥을 데워먹고 출근하고, 퇴근 후에도 혼자 차려먹는 일이 많아졌다. 밖에 음식보다는 집밥을 좋아하고 혼자 밥 먹는 것을 유독 싫어하는데, 본인의 의사와는 상관없이 '혼밥족'이 되어버렸다.

생활 방식이 대가족시대에서 핵가족시대로 변화되고, 1인 가족이 늘어나면서, 혼자서 생활하는 일이 많아지고 있다. 그리고 개인의 사적인 생활과 공간, 시간을 중요하게 생각하게 되면서 혼자만의 시간을 보내는 경우가 늘어나고 있다. 불편한 관계에서 벗어나 혼자만의 여유를 즐기고 싶어하는 솔로들이 증가하면서 혼자 밥 먹는 사람들을 가리켜 혼밥족이라고 부른다. 유사한 의미로 혼자 술을 마시는 것을 '혼술', 혼자 노는 것을 '혼놀' 등 다양한 신조어가 늘어나고 있다.

나 또한 시간에 쫓기는 일을 하다보니 끼니를 혼자서 해결할 때가 많다. 처음에는 식당에 혼자 가는 것이 낯설었으나 이젠 혼자서 레스토랑까지 갈 정도로 익숙해졌다. 그러나 나의 혼밥은 20대가 혼자의 시간을 여유 있게 갖기 위한 것이기보다는 시간에 쫓겨 어쩔 수 없는 혼밥족이 된 것이다.

가끔 주방에서 요란한 도마 소리와 함께 풍성한 음식 재료로 요리를 할 때도 있다. 멀리 외지에 나가 있는 아들이 올 때 바쁜 틈틈이 재료를 준비하고 음식을 만든다. 아들이 맛있게 먹을 상상을 하며 즐겁게 요리를 한다. 그런데 그때조차도 가족이 함께 밥을 먹기가 쉽지는 않았다. 고작 네 명인데도 시간을 내서 식사를 같이하는 일이 어려웠다.

누군가와 함께 식사한다는 것은 단순히 배고픔을 해결하는 것 이상의 의미가 있다. 밥을 함께 먹으면서 이야기를 하고 감정을 나누며 공감하게 된다. 우리나라 사람들이 가장 잘하는 거짓말 중의 하나는 '밥 한번 먹자'라는 말이라고 한다. 나도 오랜만에 반가운 이를 만나거나 지인을 만나면 '밥 한번 먹자'라는 말을 한다. 그런데 이 말에는 '당신과 소통하고 싶다'라는 의미가 담겨 있다고 한다. 누군가와 함께 식사하면서 '런천효과luncheon effect'를 경험할 수 있다고 하는데, 런천luncheon은 런치lunch와 같은 뜻이지만, 메뉴가 알찬 오찬을 뜻한다. 심리학에서 '런천효과'는 맛있는 음식을 함께 먹은 사람에게 긍정적인 감정과 호감이 생기는 것을 뜻한다.

우리는 밥을 함께 먹으며 끈끈한 정을 나누는 삶을 살아왔는데, 가족체제의 변화와 개인 삶의 중요성으로 인해 가족과도 밥을 함께 먹는 일이 일상을 벗어난 일이 되어 가고 있다. 주말에도 함께하는 시간이 어긋나는 우리 부부도 특별한 날이 아니면 밥 한번 먹기도 힘들다. 햅쌀의 고소함과 김치의 매콤함이 모처럼 함께하는 자리를 만들었다. 언쟁을 높이며 싸웠던 어제의 일도 밥 한 끼로 눈 녹듯 사라졌다.

　가끔 친정집에 들르면 엄마는 늘 '밥은 먹었어?'라고 묻는다. 그 말의 진의가 '함께 밥 먹자'라는 말이었다는 사실을 이제야 알다니 참으로 미련한 딸이다.

제2부
낡은 의자

낡은 의자

　병상에 누워계시던 엄마를 아파트로 모셔왔다. 골다공증으로 갑자기 허리가 무너지는 바람에 달포 남짓 거동을 못하셨다. 이제는 근일근일 다니실 수 있을 정도로 나아지셨다. 하지만 아파트라서 공동현관 출입이 자유롭지 못해 종일 갇혀 지내셨다. 함께 나가자고 해도 귀찮다고만 하셨다. 나 역시 일을 하는 터라 돌보는 일이 여의치 않았다. 고민 끝에 다니시던 주간보호센터를 평일에만 보내드렸다.

　엄마가 치매검사를 받은 것은 5년 전이다. 심하지는 않으셨지만, 병원 진단을 받고 약을 먹었다. 두 달에 한번씩 엄마와 함께 약을 타러 갔다. 그러던 중 어느 날 엄마가 예전 같지 않으신 걸 알게 되었다. 뭔가 도움이 될까 싶어서 그림 도구를 챙겨드렸다. 같이 할 때는 잘 따라했는데 며칠 후 집에 가보니 그대로 있었다. 지금 상태에서 더 나빠지면 혼자 생활하기도 쉽지 않으실 텐데 걱정스러웠다. 옆에서 같이 하는 것도 아니고 말로만 '이래라저래라' 하니 소용없었다.

　며칠 후 친정집에 가니 엄마가 우드 그림에 색칠한 장식품을 보여주셨다. 공예 강사로 활동하는 내게는 너무나 익숙한 재료였고 집에도 다양하게 있었다. 알고 보니 보건소에서 운영하는 프로그램에 참여해서 만들어 오신 거였다. 그 후로도 다양한 작품을 만들고 색칠 공부도 하셨다. 표정도 밝아보이고 일상생활이 편해보이셨다. 전문 프로그램에 참여하면서 좋아지는 모습을 보며 가족으로서 도와드릴 방법을 고민하게 됐다. 치매에 대해 이해하고 싶던 차에 지역 대학에서 '치매예방지도사' 과정이 열렸고 교육을 받았다.

수업을 함께 듣는 이들은 40대 중반부터 60대 초반의 연령대로 스무 명 정도가 거의 빠짐없이 늦은 시간까지 참여했다. 처음 몇 회기는 치매에 관한 교재 중심의 이론을 들었다. 치매에 대한 정의가 다양했지만, 라틴어에서 유래된 '정신이 제거된 것'이라는 의미가 잊히지 않는다. '정신이 제거된 질병' 어쩌면 이리도 명확한지 그동안 봤던 엄마의 행동이 이해되었다.

후반기 실기 수업에서 가장 인상적이었던 것은 '빈 의자' 기법이다. 사이코드라마의 이론가인 모레노Moreno가 창안하고 게슈탈트 이론가인 펄스Perls가 발전시킨 사이코드라마의 기법이다. 내담자가 빈 의자를 두고 마치 사람이 그곳에 앉아 있는 것처럼 생각하고 그 대상에게 하고 싶은 말을 하며 감정을 푸는 것이다.

교수님이 사례를 들며 방향을 일러주자 회원 한 명이 용기 내서 앞으로 나왔다. 빈 종이에는 10년 전 본인의 이름이 쓰여 있었다. 그 종이를 빈 의자에 붙이자 그녀는 한동안 말

없이 의자를 바라봤다. 과거의 못난 자신을 향해 천천히 입을 연 그녀는 담담하게 이야기를 건네더니 오열하듯 울음을 터뜨렸다. 감정이 얽힌 눈물을 흘린 후 마지막 정리로 빈 의자에 앉았다. 그녀는 그동안 내재된 감정이 정리된 듯 현재의 자신을 향해 위로의 말을 하며 끝냈다. 자신의 문제와 직면한 그녀는 한결 편해보였다.

　친정엄마의 기억은 조금씩 사라지고 있었다. 작년부터 주간보호센터를 다니셨고, 이번에 혼자서는 아무것도 할 수 없는 상황을 겪은 후 더 나빠지셨다. 지역병원의 열악한 환경을 벗어나 요양병원으로 옮겨드리고 다시 종합병원에 가시기까지의 과정을 치르면서 병상에 홀로 계신 엄마가 그리워서 울었다.

　친정집 문 앞의 낡은 의자에서 볕을 쬐며 바깥 구경을 하던 모습이 눈에 선했다. 그 의자는 엄마가 세상을 볼 수 있는 장소였고, 오가는 사람들과 이야기를 나눌 수 있는 자리였다. 센터에 가기 위해 의자에 앉아서 기다리고, 냉이며 쑥을 다듬기도 했다. 계절의 변화를 느끼고 그날 날씨를 안다. 낡았지만 불편한 몸을 기대고, 세상을 볼 수 있는 곳에 앉아서 무슨 생각을 하셨을까?

　아파트 정원 아래 긴 의자가 있다. 엄마 혼자 엘리베이터를 타고 내려가 의자에 앉아서 차를 기다리신다. 처음에는 두리번거리며 불안해하셨는데, 이젠 제법 익숙해진 공간에서 즐기는 모습이다. 의자라는 사물이 적정한 곳에서 제 몫을 해내고 있다. 그 자리에 의자가 없었다면 나의 아침은 얼마나 분주하고 힘들었을까? 시간 맞춰 엄마를 센터에 보내는 일이 녹록지 않은데 한결 편해졌다. 엄마 혼자 나오신 날도 그곳이 아니었다면 아찔한 일이 벌어졌을지도 모른다. 고마운 일이다.

어느 정도 회복되면서 남동생이 오면 같이 가려고 보자기에 짐을 싸신다. 몇 차례 말리다가 결국 엄마를 친정집으로 모셨다. 낡고 허름한 집이라도 내 집이 편한가보다. 엄마에게 여러 가지 당부를 하고 문을 나서는데 낡은 의자가 덩그러니 놓여 있다. 이제 주인이 왔으니 심심하지는 않겠다. 주인의 무게를 받쳐주는 의자가 할 일이 생겼다.

햇빛 좋은 날 낡은 의자에 앉아 지나가는 사람들과 안부를 묻는 엄마의 모습을 그려본다. 빈 의자를 보며 나직이 말한다. "엄마, 사랑해."

.

천금千金 이웃

얼마 전 지인과 점심을 먹으러 식당에 간 적이 있다. 주택가 골목에 있지만, 줄을 서서 기다릴 정도로 소문난 곳이라 작정하고 12시도 안 돼서 가게 되었다.

이른 시간이었지만 손님이 많았다. 두리번거리며 자리를 찾다가 혼자서 식사를 하고 계시는 엄마를 보고 그 옆자리에 앉았다. 주문하고 엄마 옆에서 이것저것 챙겨드리며 얘기를 나누고 함께 식사했다.

남동생과 함께 살고 있지만, 칠순 넘은 엄마가 손수 집안 살림을 하고 계신다. 바쁘다는 핑계로 자주 가서 살림을 살펴드리지도 못하고 식사 한 끼 제대로 못 챙겨드려서 죄송했다. 마침 집 근처 식당에서 만났기에 밥값을 계산했다. 엄마는 가끔 이곳에서 식사한다고 하면서 사장님이 천 원을 덜 받는다는 말씀을 하셨다.

나이 드신 분이 와서 원하는 음식을 주문하고 천 원을 덜 내셨는데 사장님께서 아무 말 없이 음식을 주셨다고 한다. 그 후 엄마는 천 원씩 덜 내면서 먹고 싶은 음식을 종종 드시고 갔다고 한다. 사장님께 감사 인사를 드리며 오늘은 제 값을 치르겠다고 했더니 극구 사양하셨다.

25년 전 설 다음날 엄마는 절에 가려고 집을 나서다가 쓰러지셨다. 그때 앞집 언니가 엄마를 발견해서 연락해왔고 천안 순천향병원으로 빨리 옮겨 수술을 받을 수 있었다. 적기를 놓치지 않은 덕분에 엄마는 장애 없이 회복될 수 있었다. 그때 어린 두 아들을 집에 두고 병원에서 엄마를 간호하고, 퇴원 후에는 친정집으로 들어와서 1년 남짓 함께 살았다. 다행히 일상생활을 무리 없이 해낼 정도로 회복되었고 부업도 하면서 자식 걱정 끼치지 않았다. 옆에서 내 집처럼 드나들며 안부를 묻는 이웃 언니가 없었다면 지금의 엄마를 볼 수 있었을지 모르겠다.

최근 뉴스에서 혼자 사시는 노인분들의 안타까운 죽음을 자주 접한다. 노인돌봄맞춤 서비스로 생활지원사가 독거노인들의 안부 전화와 돌봄지원이 이루어지고, 사회복지사가 방문하여 살피고는 있지만, 복지 사각지대는 여전히 존재한다. 지병이든 다른 원인으로 돌아가셨든 발견하기까지 시일이 오래 지난 예도 있다. 자식의 왕래도 뜸한 집에서 홀로 죽음을 맞이하셨으니 삶의 끝이 서글프다.

시골에서는 유모차에 몸을 의지해 다니시는 노인분들의 모습을 자주 볼 수 있다. 엄마도 어르신용 보행기보다 누가 버린 유모차를 집 안에 들이셨다. 유모차를 끌고 밖에 다니면서 상자를 모으고, 식당에 갈 때마다 모은 종이컵을 휴지로 바꿔서 내게 챙겨준다. 어린아이를 물가에 내놓은 것처럼 불안하지만 그렇게라도 소일거리하면서 다니실 수 있음에 감사한 마음이 크다.

가끔 집 안 청소와 살림을 봐주러 친정집에 가면 냉장고에 갖가지 반찬이 채워져 있을 때도 있었다. 친정집 뒤쪽에서 식당을 하는 이웃 아주머니께서 반찬을 주신다고 했다. 앞집 방앗간에서는 떡을 주시고, 때로는 누군가 과일 몇 개를 신발장에 올려놓고 요구르트 봉지를 놓고 가기도 하신다. 음식을 제때 드시지 않아서 버리는 것도 많지만, 그래도 고맙다는 생각이 먼저 든다.

오랫동안 혼자 계시는 엄마를 살뜰히 챙겨주시는 이웃을 보면서 '한 아이를 키우려면 온 마을이 필요하다'는 아프리카 속담이 생각났다. 그 말이 이제는 무릇 아이뿐 아니라 노인분에게도 들어맞는다. 홀로 계시는 엄마를 관심 있게 지켜보고 보살피는 이웃이 없었다면 어땠을까? 지금처럼 내 일에만 전념하며 지낼 수 있었을까? 마을의 모든 분이 엄마를 관심 있게 보고 마음을 써주시니 딸보다 낫다는 생각에 부끄러웠다.

속담에 '팔백금八白金으로 집을 사고 천금千金으로 이웃을 산다'고 했는데, 천금보다 귀하다. 귀한 사람들이 엄마 곁에 이웃으로 있어서 다행다복하다. 사람 '인人'이 서로 기대어 사는 세상을 뜻하듯 그 말이 진리임을 새삼 느꼈다. 함께 살아가는 모습은 얼마나 아름다운가? 나도 누군가처럼 엄마

곁에 있는 따뜻한 이웃처럼 서로 기대어 사는 사람이 되고
싶다.

맞사랑의 온기

가을이다. 문밖을 나서면 노랗고 붉게 물든 가로수가 보이고, 멀리 시선을 두면 산 전체가 노을빛이다. 요즘 나이가 들어서인지 바쁜 일상에서도 고운 단풍이 눈에 들어온다. 혼잣말로 감탄사를 연발하기도 하고 찰나의 시간에 가을을 즐긴다.

그이는 농사꾼의 아들이었다. 읍내에서 목공소를 하면서 넘치지는 않아도 부족함 없이 살아온 나와는 너무나 다른 환경에서 자랐다. 결혼 후 시골살이를 할 적에 텃밭은 오로지 그의 몫이었다.

집안에 살구며 대추나무가 자라는 것도 몇 년 뒤에 알 정도로 무심한 내게 아무것도 바라지 않고 혼자 해냈다. 땅 한 평 없이 남의 터에서 농사를 짓던 시절의 궁핍했던 생활이 잊히지 않았는지 땅에 대한 애착이 강했다.

결혼 초 빚으로 장만한 밭을 아침마다 거르지 않고 살피고 다녔다. 그 후 열심히 저축하고 생활한 덕분에 몇 군데 논과 밭을 더 장만했다. 몇만 평 토지를 소유한 것처럼 부산스레 움직였다. 산책은 물론 나와 동행하는 드라이브 코스도 소유지를 벗어나지 않았다.

그 옛날 땅을 가진 주인이 산마루에 올라 바라보는 마음이 저런 느낌이었을까? 주말 아침, 그이가 농장에 가자며 다그친다. 퇴직 후 행보를 정한 듯 작년에 시골에 농막을 짓고 터를 다져 이백여 평의 밭을 만들었다.

마음에 쏙 들었다. 안에 들어가서 창문을 모두 열고 보니 절 위에 있는 지장보살이 한눈에 들어온다. 조금 있으니 불경 소리도 선명하게 들린다. 입가에 부처님 미소가 번졌다. 힘든 일상의 피로가 눈 앞에 펼쳐진 자연 앞에 풀린다. 시골집에서의 행복했던 기억을 다시 한번 불러올 수 있으리라는 기대도 되었다.

집에서 할 일이 있다며 거절하는 내게 그냥 아무것도 하지 말고 농막 안에서 일하라고 거듭 청한다. 깨를 심어야 하는데 혼자서 무슨 재미냐고 옆에만 있으라는 애절함에 마음이 움직였다. 점심을 챙기고 노트북과 읽을 책을 가방에 쌌다.

시원한 커피를 마시며 물끄러미 밖을 보다가 글을 썼다. 땀을 비 오듯 흘리며 그이가 들어온다. 잠시 후 큰아들과 함께 파를 뽑으러 가기 위해 장화로 갈아 신었다. 분홍 꽃무늬 장화가 신기했는지 아들은 발 세 개를 모으라더니 사진을 찍는다.

농막이 생긴 뒤 한참 뒤에 그곳을 갔다. 나이가 들고 보니 젊은 시절 지나쳤던 유기농 채소의 귀함과 기른 이의 정

성도 보였다. 그이는 내가 좋아하는 쌈채를 치커리며 겨자
채 등 종류별로 심었다. 내가 쌈채를 버리지 않고 먹는 것으
로도 만족해했다. 그이를 도와 흙을 만지는 일도 조금씩 익
숙해졌다. 그러던 어느 날, 밭에 들어서는 나를 향해 꽃무늬
장화 한 켤레를 건넸다.

가게에서 내 신발을 고르며 함께 할 많은 것들을 꿈꿨을
그에게 미안한 생각이 든다. 평소 말이 없다가도 농막에만
가면 말이 많아진다. 나무를 옮겨 심은 이야기부터 고추를
따는 방법과 나를 위해 아삭이고추를 심어놓은 자리까지
세세하게 가르쳐준다.

이 남자가 '이렇게 말이 많았었나?' 싶을 정도로 끊임없이
말을 건다. 과묵함도 농막에 대한 애정으로 표현이 넘쳐나
보다. 덩달아 함께하는 시간이 많아졌다. 저녁나절 마실 나
간 농막에서 개구리 울음소리를 실컷 듣고 오기도 한다. 논
두렁에 그득한 여름밤 운치가 좋다. 운 좋은 날이면 밤별들
이 지붕으로 쏟아진다.

농막 뒤편에는 파란 색 긴 장화와 꽃무늬 장화가 나란히
놓여 있다. 노후를 이곳에서 함께 보내고 싶은 마음이 고스
란히 느껴지는 장화 두 켤레, 꽃무늬 장화에 발을 쏙 넣으며
질퍽한 밭으로 걸어간다. 두 발이 장화 속에서 따스한 온기
를 느낀다.

얼마 전에 아는 분의 부탁으로 수필화를 만든 적이 있다.

아는 분의 친구 아내가 오랜 지병 끝에 돌아가시면서 남편에게 편지를 남겼는데 그걸 액자로 만들고 싶다고 하셨단다. 거절할 수 없어서 수필화를 만들게 되었는데 늦은 밤에 작업하게 되었다. 편지를 옮겨적는데 남겨진 자녀와 남편에 대한 사랑과 그리움이 절절하다. 투박한 글이지만 오랜 시간 병구완을 해준 남편에 대한 고마움과 미안함도 담겨 있고, 떠난 이로 인해 슬퍼하지 않았으면 하는 따뜻함도 있었다.

삼십 년 가까이 부부의 연으로 살다보니 이젠 무뚝뚝하게 내뱉는 그이의 말 한마디에도 애정이 담겨 있음을 알게 됐다. 해를 거듭할수록 사랑의 깊이는 더해가고 정이 쌓여간다. 남편은 아직도 '사랑한다'라며 함께 시간을 보내자고 채근한다. 그럴 때마다 이제는 더 공부하지 않겠다며, 조금만 더 기다려달라고 달래본다.

저수지를 굽이 돌아 펼쳐지는 고운 빛깔의 단풍에 눈이 내리고 또다시 봄이 오는 풍경을 이젠 옆지기와 함께 오롯이 나누고 즐기고 싶다.

아들의 섬

　푸른 하늘이 눈 안에 가득하다. 누워서 바라보는 하늘이 얼마 만인가? 바다를 끼고 너른 들판에서 불어오는 바람이 온몸을 깨운다. 아픈 구석을 훑고 지나가는 바람이 반갑다. 아무것도 하지 않고 그저 누워서 부는 바람을 맞고 하늘을 올려다보는 일이 이렇게 행복한 일이었던가 싶다. 떠나오길 참 잘했다.

　큰아들과 제부도로 향하는 중에 정자를 보았다. 자리를 잡은 뒤 쌈채와 삼겹살을 구워 점심을 먹었다. 처음에는 궁평항으로 가는 중이었다. 그러다가 정자가 보이면서 목적지를 바꾸었다. 가다가 마음에 드는 곳이 있으면 쉬어갈 생각이다. 쉬고 싶었다. 간단한 기구로 원두커피를 내려서 마시고 누웠다.

　큰아들은 나와 비슷한 성향이다. 게다가 마음이 잘 맞는다. 아직은 혼자 가는 여행이 두려워서 큰아들과 함께 여행을 떠나곤 한다. 지금도 '바닷속의 찻길'을 달려 제부도로 들어간다. 탁 트인 바다가 섬의 운치를 더했다. 해안가를 달리다가 검은 컨테이너 있는 곳에 멈췄다. 관광객이 휴식도 할 수 있고 바다를 볼 수 있도록 전망대가 설치된 갤러리였다.

'드로잉 배턴터치'라는 주제로 다양한 그림이 전시되어 있었다. 경기도 창작아트센터 입주작가들의 작품이었다. 그림 보는 순서를 안내하는 사람이 있었다. 흰 종이에 바늘로 '배턴터치'라는 글자와 이미지를 점자로 표현한 작가의 그림으로 시작되었다. 안내인의 말에 따르면 제부도와 관련해서 먼저 작품을 보고 자신의 작품을 표현하는 릴레이 형식의 작품전시라고 한다. 그림마다 제목과 작가의 이야기가 있었는데, 쉽게 이해할 수 있어서 좋았다. 전문작가로부터 시작된 작품의 끝부분은 주민의 그림으로 이어졌다. 그리고 앞으로는 관광객도 함께하는 '배턴터치'로 작품을 전시할 예정이란다.

따뜻한 느낌의 채색 위에 집 모양의 선을 그린 그림을 눈여겨보니 '섬'이라는 글자가 보였다. 집만 덩그러니 그려진 그림 앞에서 생각이 많아졌다. 현관문을 닫고 들어가면 독립된 공간이 집이다. 상처를 안고 들어갔다가 치유가 되기도 하고, 가족으로부터 더 큰 상처를 입기도 한다. 때로는 편안한 쉼터가, 때로는 불편한 공간이 되기도 한다.

제부도는 섬이면서도 섬이 아니고, 육지이면서도 육지가 아니라고 한다. 섬도 아닌 섬, 육지도 아닌 육지, 그게 곧 제부도이다. 그래서 작가는 집을 섬으로 표현한 걸까? 바라보는 이마다 다른 느낌과 빛깔로 표현한 그림 속에 제부도가 담겼다. 밀물 때는 통행할 수 없는 제부도 주민의 불편함을 드러내듯, 육지와 섬을 사다리로 연결해놓은 그림도 있었다.

아들은 그림에 집중할 수가 없었다며 한마디 한다. 나는 안내인의 설명이 좋았는데, 아들은 작가의 의도가 무엇이든 감상하는 사람에게도 자기 느낌이 있는데 그 부분이 아쉬웠다고 한다. 듣고 보니 일리 있는 말이다.

제부도의 옛 이름은 '저비섬'이다. 육지에서 멀리 보이는 섬이라는 뜻으로, 지금의 섬 이름보다 정겹다. 이 섬은 하루에 두 번 물때에 따라 바닷길이 열린다. 물때에 맞춰 도로를 건너오면서 양쪽으로 바닷물이 출렁이는 모습이 신기했다. 물길이 닫히면 고립되는 섬 주민에게 이 길은 걸어서 갈 수 있는 편리한 연결통로다.

바다가 보이는 카페에 앉아서 서로가 다른 생각으로 수평선을 응시한다. 감미로운 음악과 소리 없이 바다 위를 날고 있는 갈매기가 보인다. 문득 아들의 꿈은 어떤 것인지 궁금해진다. 큰아들은 군대를 갔다오더니 진로를 바꿔 패션 공부를 하겠다며 서울로 떠났다. 부모가 바라는 '환경조경학과'의 미래를 버리고, 불투명한 꿈을 선택했다. 아들은 아마도 그림 볼 때의 자유로운 생각을 펼쳐가고 싶나보다. 우리는 그 선택을 존중했고, 작은 패션회사에서 디자이너로 일하는 꿈을 지지해줬다.

올 11월에 미국과 캐나다로 여행을 떠난다고 한다. 다니던 회사를 그만두고 여행을 가려는 아들의 의중이 무엇인지 가늠할 수 없다. 부모로서 지켜볼 뿐이다. 청춘이기에 무엇이든 도전해보고 실패해도 두렵지 않을 나이가 부럽다. 아들이 만들어가는 자신의 섬이 고립된 공간일지도 모르지만, 물때만 잘 맞추면 길은 얼마든지 열리리라. 아들의 꿈도 저비섬의 물길처럼 제때 제때 활짝 열리기를 기대해본다.

3분 3라운드

TV 채널을 돌리다가 잠시 멈춘다. 링 위에서 킥복싱을 하는 장면이다. 사춘기를 혹독하게 치른 아들이 의지한 운동이기도 하지만 그날의 시합이 어제처럼 떠오른다.

초등학교 고학년 때부터 둘째 아들은 규범의 틀을 벗어나 애를 먹였다. 물론 공부에는 관심도 없었고 중학교 2학년 때 정점을 찍었다. 학교생활에도 적응하지 못해 선생님께 불려다니기 일쑤였다. 보충수업 때 몰래 빠져나가서 학교에서 찾는 전화가 수시로 왔다. 발신 전화가 학교로 뜨면 가슴이 철렁했다.

악의 없는 거짓말과 청개구리처럼 엇나가는 일이 거듭되다보니 부모로서 욕심을 버리게 되었다. 그저 무사히 졸업만 하기를 바랐다. 그러던 어느 날 아들이 킥복싱을 배우겠다며 먼저 이야기를 했다. 무엇을 하겠다고 나선 것이 처음이라 흔쾌히 응했다. 학원을 알아보니 금왕에 있었다. 그래도 하고 싶은 걸 하면 반항도 덜하게 되리라는 기대로 저녁마다 태워다주고 끝날 때까지 기다렸다.

한창 공부할 시기에 다른 사람들은 과외를 받느라 엄마가 로드매니저를 자처한다는데 나는 운동하는 아들의 매니

저가 된 것이다. 그렇게 1년 정도 금왕에 다니고 음성에도 킥복싱 학원이 생겨서 옮기게 되었다.

나와 아들의 관계는 삐거덕거리며 중학교를 보냈다. 다행히 중학교 3학년 2학기가 되면서 어느 정도 사춘기를 벗어났다. 관내 고등학교도 겨우 입학했지만, 합격 소식을 듣던 날 남편은 케이크를 사오고 축하하며 용돈까지 주었다.

고3 때까지 취미로 운동하면서 점점 자기 자리를 찾아갔다. 그런데 그해 9월 안전 장비 없이 링 위에서 프로 데뷔전을 치른다며 통보했다. 말렸지만 소용없어서 두고 봤는데, '시합 중 사고에 대한 책임을 묻지 않겠다'라는 동의서를 내밀었다. 선뜻 서명할 수 없었다. 미루고 미루다 시합 전날 서명을 했다.

둘째는 시합 전날 학원 팀과 먼저 내려가고, 그날 우리 가족은 전라도 광주로 향했다. 9월 초인데도 여름은 끝날 줄 모르고 뜨거웠다. 사각의 링은 뜨거운 뙤약볕 아래에 설치돼 있었다. 병원에서 온 구급차도 준비돼 있었다. 음성에서는 같은 체급인 아들 친구가 함께 출전했다. 그 외 선수들은 모두 광주 사람이었다.

아들 친구가 먼저 경기에 들어갔다. 경기는 3분 3라운드로 진행되었다. 공교롭게도 2라운드 중반에 KO패로 상대방 선수의 승리로 끝났다. 마침내 아들의 차례가 되었다. 링위에 올라선 아들을 보자 갑자기 손에 땀이 고이고 심장이

쿵쾅거렸다. 1라운드에서는 예상 외로 아들이 상대의 얼굴을 가격하며 선전을 하였다. 2라운드부터는 제대로 보지도 못하고 조바심만 났다. 3라운드에는 체력이 다한 것처럼 코너에 몰린 아들이 보였다. 초침이 멈추기라도 한 것처럼 3분이 무척 길었다. 길고 긴 3분 3라운드의 경기가 끝나 상대방이 이겼다.

아들은 눈 옆에 피가 나고 제대로 걷지도 못하면서 링을 내려왔다. 관중들은 졌지만 잘 싸운 아들을 향해 박수를 치고 '잘했다'라는 말을 해줬다. 새삼 아들이 자랑스러웠다. 서로 때리고 맞는 경기를 왜 하는지 이해할 수 없었지만, 좋아하는 일을 위해 스스로 노력하고 연습한 것을 알기에 대견스러웠다.

그날의 3분 3라운드는 아들의 일생에 잊지 못할 사건이다. 처음이자 마지막 경기였다. 중학교 때 문제를 일으켰던 아들은 고등학교를 순탄하게 마치고 대학교까지 무사히 졸업했다. 공부하는 엄마의 조언을 받아들여 대학원까지 들어갔다. 서울에서 물리치료사로 일하면서 올해 석사 논문을 준비하는 과정을 보면서 자신의 삶을 주도하는 아들이 자랑스럽다. 나보다는 남편이 품어준 것이 큰 힘이 됐다. 큰 아들 역시 격려하고 끌어주며 형으로서 역할을 했다.

인생의 굴곡을 헤쳐가는 아들을 응원한다. 그날, 링 위에 서기 위해 흘렸던 땀과 링 위에서 싸우던 용기 있는 모습을 기억할 것이다. 어떤 난관에 부딪혀도 무너지지 않길 바란다. 링 아래에서 함께 응원하는 부모형제가 네 편이라는 것을 말해주고 싶다.

무풍지대

바람은 조용했는데 소리는 유난스레 시끄러웠다. 지난 8일간 긴장과 공포로 몰아넣었던 제19호 태풍 '솔릭'이, 24일 한반도를 빠져나갔다. 무더위를 식혀줄 거라는 생각과 달리 한반도를 관통한다는 예보로 불안감은 고조됐다. 나라 전체가 술렁이듯이 거의 모든 일정과 행사가 취소되고 적색 신호를 보내는 재난 안전문자가 쏟아졌다.

유난스럽게 태풍을 예방하려는 정부지침으로 둘째 아들이 득을 보았다. 7박 8일 일정으로 군에서 휴가를 나와 금요일 복귀 예정이었는데, 토요일에 들어오라고 연락이 왔다. 비상이 걸려서 하루 일찍 복귀 명령이 내려질 줄 알았는데 의외였다. 군대의 좋은 모습을 본 것 같아서 다행이기는 하나 제대할 때까지 노심초사인 게 부모 마음인가보다. 이제 겨우 6개월 정도 지났을 뿐인데 부대에서 '잘 있다'라는 안부 전화를 해도 걱정, 안 해도 걱정되었다. 남들은 쉽게 가고 금방 제대하는 듯 보였는데, 내 일이 되고 보니 그게 아니었다.

아들은 입대를 앞두고 발목을 다쳤다. 침 치료와 운동 치료를 병행하며 완치해서 군에 가려고 무던히 노력했다. 그러나 불편한 상태에서 해병대에 입대했고, 6주간의 훈련을 마치고 자대 배치를 받았다. 잠도 안 자고 행군하는 극기훈련 주가 있다는데 그 고통을 감내하고 수료했다. 자대 배치 후 국군병원도 다니고 그 병원에서 MRI를 찍게 되었다.

휴가 때 영상을 복사해서 오라고 신신당부를 했다. 휴가 오기를 기다려 영상을 들고 예약한 전문병원을 찾아갔다. 발목 인대가 파열되고 뼛조각이 남아 있어서 수술이 필요하다는 소견이 나왔다. 수술 후 한 달간 입원하고, 한 달간 재활 치료를 해야 한단다. 당장이라도 수술 일정을 잡고 치료해보고 싶었으나 약간 불편할 뿐이라며 제대 후 하겠다고 고집을 부렸다. 차선책으로 외부에서 수술한 후 군 병원에서 치료받으라고 했더니 여건이 안 된단다. 그렇게 속을 끓이며 아들을 지켜볼 수밖에 없었다.

무탈하게 일상생활이 이루어졌다. 휴가 나온 기념으로 가족사진도 찍었다. 큰아들은 서울로 올라가 2학기 준비를 하고 평온한 일상이 이어지는 듯했다. 그런데 모범생이었던 큰아들이 뜻밖에 사고를 쳤다. 술에 취한 친구가 시비를 걸어서 한 대 친다는 게 엇나가서 코뼈가 부러졌다. 가까운 종합병원에 가서 치료한 후 합의금을 주고 마무리했다.

하필 바람과 비의 소용돌이인 태풍 '솔릭'으로 어수선한 때다. 순간 '태풍의 눈'이 떠올랐다. 태풍의 눈은 두꺼운 구름으로 둘러싸인 중심부를 말한다. 허리케인, 사이클론 등 열대성 저기압에서 나타난 맑게 갠 무풍지대이다. 생각과는 달리 태풍으로부터의 피해를 가장 줄일 수 있는 공간이다.

이번 태풍도 남해안 일부에서는 피해가 있었지만 우려와는 달리 별일 없이 지나갔다. 모든 일정이 꼬여버린 어떤 사람은 우스갯소리로 '허풍'이라고 말하기도 했다. 가지 많은 나무에 바람 잘 날 없다고 했던가? 아들 둘이 많은 것은 아니지만 예기치 못한 일은 나에게 태풍과 같다. 무풍지대처럼 고요함 뒤에 언제 부는지 모르는 태풍처럼 그 소용돌이의 깊이를 알 수 없으니 답답하기도 하다. 성년이 되어 제 갈 길 잘 가겠거니 했는데, 느닷없는 사건을 겪어보니 자식은 늘 물가에 내놓은 어린아이 같다. 이번 일로 스스로 한 일에 회피하지 않고 책임지는 성인으로 성장하길 바랄 뿐이다.

조용히 지나가버린 태풍으로 무더위가 물러난 듯 바람이 시원해졌다. 창문을 열고 속이 시원할 만큼 바람을 맞는다. 아무런 갈등 없이 바람을 쐬고 싶다. 언제쯤 가야 나는 자식에게 연연하지 않고, 자식은 스스로 흔들리지 않는 무풍지대에 살 수 있을까?

집으로 가는 길

한강을 따라 걸으면서 편안함을 느낀다. 남편이 이렇게 오랫동안 서울에 머물 수 있는 이유는 근처에 한강이 있어서 언제든 답답함을 풀 수 있기 때문일 터이다. 많은 사람이 강변을 따라 조깅을 하고 의자에 앉아서 흐르는 강물을 하염없이 바라보기도 한다. 자전거도로도 있어서 자전거를 타는 사람도 많이 보인다. 서울 중심부를 흐르는 강물이 도시의 삭막함을 촉촉이 적신다.

토요일 저녁에 시댁 조카 결혼식을 핑계 삼아 한 달 전부터 서울로의 휴가를 계획했다. 다행히 예식장이 큰아들 사는 집과도 가까웠다. 금요일 저녁에 올라가면서 3박 4일간 먹을 양식과 이불까지 챙겼다. 네 번째 이사한 집은 한강 근처의 낡은 주택이었다. 그런데 그 집에서 자신만의 공간을 만들고 싶었는지 리모델링을 했다. 돌려받지 못할 돈을 쓰는 것이 마뜩잖았으나, 아무 말도 하지 않았다. 발품을 팔아가면서 싼 월셋집을 살았던 알뜰함을 알기에 내버려 두었다.

나무로 된 창문틀과 문짝을 상아색으로 칠하고 장판과 도배를 했다. 돈이 조금 부족하다기에 보태주었다. 살림집이 2층이어서 옥상은 아들만의 전용 공간이 되었다. 옥상에서 조명을 켜고 한강을 바라보며 고기 파티를 했다. 서울에서 누구나 꿈꾸는 주거지, 나름 한강이 보이는 전망이다. 바로 앞에 한강이 있어서 수시로 운동하러 갈 수 있는 것도 집을 정하는 데 한몫했으리라. 주택이라 예전에 시골집처럼 틈으로 찬바람이 들어왔다. 이곳으로 이사해서는 음식을 해 먹지 않아서 밥솥도 없었고, 양념도 없다. 내가 가져온 살림살이가 구석구석 보인다. 자신만의 삶의 방식과 공간이 흐트러지는 걸 보면서, 집에 갈 때 그대로 가져가라며 애써 침착하게 대응한다. 아들의 공간은 그렇게 무너졌다.

결혼하면서 시골 마을 허름한 집에서 16년 정도를 살았다. 마루 하나로 이어진 부엌과 방, 그리고 불 때는 방이 있는 작은 집이다. 화장실은 재래식이고 대문도 없는 집이다. 콩깍지가 씌었는지 어느 것 하나 부끄럽지 않았다. 결혼 전 살았던 친정집보다 불편한 점도 많았고, 주위 환경도 달랐다. 지하수를 끌어올리는 물은 가끔 나오지 않을 때가 있었다. 그러면 옆집에서 필요한 만큼만 통에 받아다 사용했다. 여름이면 뒷산에서 날아오는 징그러운 벌레와 모기로 문을 열지도 못했다. 한겨울에는 외풍이 유난히 심했다. 벽에서도 찬 공기가 새어나와 이불을 벽에 두르고, 바깥벽에는 비닐을 치고 살았다.

살기는 불편했으나 그 집에서의 삶은 행복했다. 아이들

은 흙을 밟으며 건강하게 자랐다. 따뜻한 봄이면 두 아들을 데리고 나물을 뜯으러 가기도 하고 보리 순이 초록 물결을 이루는 들판을 뛰어다녔다. 아이들은 여름에 냇가에서 물놀이를 하고, 밤이면 근처에 있는 절에 올라가 사슴벌레를 잡으며 놀았다. 가을이면 말썽꾸러기 둘째는 몇몇 아이들과 콩을 서리해 구워 먹기도 했다. 눈이 쌓이는 겨울에는 종일 코가 빨개지도록 밖에서 놀았다. 겨울 한철은 가끔 불 때는 방에서 자기도 했었다. 불을 땔 때 구워 먹은 고구마는 지금도 잊지 못한다.

아이들이 크면서 교육을 위해 읍내로 나왔다. 처음 몇 년은 시골에도 집을 두고 읍내에 거처를 마련했었다. 시골집에 가는 횟수가 줄어들면서 허름한 집은 점점 더 무너졌다. 우리가 살 때와는 다르게 구석구석이 허물어졌다. 고민 끝에 시골집을 팔고 더위와 추위 걱정 없는 아파트에 살게 되었다.

그런데 가족이 함께하는 시간은 줄어들었다. 아이들이 크면서 각자의 삶이 더 중요해진 부분도 있지만, 방 하나에서 서로의 온기를 나누던 때와는 다른 공간이었다. 넓은 거실에 앉아 혼자 앉아 있으면 외로웠고 시골집이 그리웠다.

집이란 과연 어떤 곳일까? 돌이켜보니 내가 결혼해서 아이들이 태어나고 새로운 가족이 생기고부터는 친정집에 가도 불편했다. 다 쓰러져가는 집도 내 집이 편하다더니 친정엄마도 우리 집이 불편하셨나보다. 지난 주 친정엄마를 집으로 모셔와 점심을 먹고, 오후에 병원에 가시기 전까지 우리 집에 잠깐 계시라고 했다. 그런데 식사를 하자마자 집에 데려다달라고 하신다. 가벼운 치매증세가 있으셔서 병원 시간을 잊을까봐 여러 번 말씀드려도 고집을 꺾지 않으신다. 결국, 집에 모셔다드렸다. 아무리 딸네라고 해도 본인 집만큼 편하지 않은가보다.

지난 나흘간 머물렀던 흔적이 빨랫감으로 수북이 쌓였다. 월요일 아침, 아들은 출근하면서 '아무것도 남기지 말고 양념통도 잘 챙겨가'라며 치우지 말라는 말도 덧붙였다. 귓등으로 흘려듣고 청소를 했다. 올 때 가져왔던 양념통과 남은 음식을 다시 챙겼다. 가스레인지에 기름때를 말끔히 닦고, 그릇에 물기를 닦아 서랍장에 넣었다.

내 집보다 몇 곱절 힘들게 쓸고 닦았더니 기운이 하나도 없다. 이제 각자 다른 공간을 꾸미고 사는 두 아들을 독립시켜야 하나보다. 낡은 대문이 쇳소리를 내며 닫힌다. 오늘 밤은 그리운 내 집에서 속옷 차림으로 편하게 다리 뻗고 자야겠다.

주인과 손님

　현관문을 나서자마자 바람이 닿는다. 몇 달 동안 은둔형 외톨이처럼 집에 있었다. 무기력증으로 시간가는 줄 모르고 낮과 밤이 바뀌는 생활을 했다. 밤 늦게까지 TV를 보다 새벽에 겨우 잠들고, 하루에 한 끼를 먹어도 속은 더부룩하기만 했다. 하는 일이 없어도 시간은 갔다.

　그러던 중 B선생님으로부터 솔밭에 심은 파를 뽑아다 먹으라는 문자를 받았다. 반갑게 답장을 드리고 모처럼 운동도 할 겸 밖으로 나갔다. 아파트 화단에는 노란 산수유꽃과 목련이 활짝 피어 있었다. 수십 년 동안 계절의 변화를 겪어왔으면서도 '아! 봄이구나' 할 정도로 새롭다. 가벼운 운동복 차림인데도 겉옷을 벗게 하는 화창한 날씨다. 십여 분 거리인데 햇살과 바람을 느끼며 천천히 걸어갔다.

　소나무 아래 왼쪽으로 서너 평 남짓의 밭이다. 겨울을 잘 견디고 초록빛으로 줄지어 있는 파가 보인다. 작은 채소밭을 일군 주인의 정성이 밭고랑에 가득하다. 예쁜 실파와 살랑거리는 부추도 있다. 작년에도 창고에 물건을 꺼내러 가보니 온갖 채소와 들깨까지 실하게 자라는 모습을 볼 수 있었다.

지난해 B선생님께서 자택에서 가까운 우리 밭에 먹거리를 심어도 되느냐고 하셨다. 남편은 시골에 밭을 일구는 중이었기에 흔쾌히 받아들였다. 쓸모없이 버려졌던 땅은 살가운 주인을 만나 생명력을 얻었다.

삼 년 전 봄, 남편은 시골에 농막을 지었다. 시골집을 팔고 난 후 늘 허전했었나보다. 그리고 결정적인 이유는 형제들이 고향에 와도 머무를 곳이 없어서 그냥 보내는 것을 서운해했다. 남편은 그 어느 때보다 활기찬 모습으로 퇴근 후 시간을 보냈다. 학교에서 근무하는지라 이른 시간에 퇴근하는데, 늘 지인의 사무실에 들러 술 한 잔 마시고 늦게 집에 들어왔다. 그런데 농막을 지으면서 술도 마시지 않고 귀가도 빨라졌다. 중고 컨테이너를 알아보고, 흙을 채우고, 지붕 씌우는 일을 손수 품을 들여서 했다. 그러한 모든 일이 내겐 관심 밖이었다. 일하느라 바쁘기도 했지만 남의 일처럼 생각되었다.

논을 개량해서 이 백여 평의 밭을 만들었다. 시댁 조카가 네 살배기 아이를 데려와 아주버님과 함께 농사를 지었다. 주말농장처럼 와서 흙을 만지고 작물을 심고, 잡초를 뽑는 정성으로 각종 쌈 채소는 물론 고추, 옥수수, 콩, 깨를 수확했다. 씨를 뿌리고 거두는 동안 내가 그곳을 간 것은 대여섯 번에 불과하다. 남편이 퇴근 후 가져온 유기농 쌈채를 맛있게 먹거나, 빨갛게 익은 고추를 건조기에 말려주는 일을 했다. 농작물이 자라기도 전에 어린 잎을 고라니가 먹어버릴 때, 남편은 농막에서 잤다. 밤새도록 라디오를 틀어놓고 노심초사하며 고추를 풍작으로 거뒀다. 조카는 내가 말려준 고추로 방앗간에서 가루를 빻아주고, 들기름도 한 병 주었다. 고맙기도 하고 미안한 마음도 컸다.

남편과 조카가 가꾸는 그 밭에 가면 나는 손님이었다. 이따금 들르면 조금씩 정리되는 모습을 보며 남편이 쏟는 정성을 가늠할 뿐이었다. 그러다가 요즘 그곳을 자주 가게 되었다. 답답해도 딱히 갈 곳이 마땅치 않아서 찾다보니 농막이 떠올랐다. 주말에 가족과 고기를 구워 먹으러 가기도 하고, 바람 쐬러가서 차 한 잔의 여유를 즐겼다. 불안한 마음도 사라지고 편했다.

바람이 시원하다. B선생님은 아침 산책길에 오가며 서너 평의 채소밭을 기름진 옥토로 일구셨다. 우리는 땅을 빌려줬을 뿐 그 땅을 가꾸는 주인은 B선생님이다. 잡초가 무성하던 밭이 알차게 여물었다. 뿌리 끝에 보드라운 흙을 품은 연초록빛 파를 뽑는다. 주인의 정성이 몇 뿌리의 파에 오롯이 담겼다. 세상 모든 일이 주인의 마음가짐으로 갈고 닦아야 함이 보인다.

꽃잠이 들다

바람이 솔솔 불어온다. 귓전에 들려오는 목소리도 꿈속인 듯 아득하다. 눈을 뜨려고 해도 뜰 수가 없다. 며칠째 잠을 못 자서 몽롱한 상태에서 숲의 기운이 나를 잠재운다.

여름 내내 특강으로 분주하게 보내고 있다. 방학이 되면 조금 한가해질 수 있겠다는 생각으로 기다렸다. 그런데 예기치 않게 특강 의뢰가 많이 들어왔다. 거절하지 못하고 수락하다보니 주말까지 하루도 온전히 쉬는 날이 없다. 요즘 인기 있는 SUV로 6개월 전에 예약한 차가 도착해서 차박 캠핑을 꿈꾸는 남편에게도 미안했다. 나는 프리랜서다. 마음만 먹으면 홀홀 떠날 수 있지 않냐고 반문하겠지만 오산이다. 한번 끊어진 수업은 연결되기가 힘들고, 거절을 당한 강사에게 다시 연락하는 일은 드물다. 그래서 시간을 지혜롭게 활용해 수업계획을 세운다.

지난 주 금요일 오후와 토요일 오전으로 연결되는 자투리 시간이 생겼다. 시간이 없어서 함께하지 못한 남편과 가까운 곳으로 캠핑을 하러 가기로 정했다. 서해안과 동해안 쪽으로 고민하다가 결국은 봉학골에 자리를 폈다. 이른 저녁을 먹는 중에 긴장이 풀려서인지 갑자기 잠이 쏟아졌다.

평상에 얇은 담요를 덮고 누웠다.

몇 년 전에는 갱년기 증상으로 불면증을 겪었다. 일 년여를 고생하면서 처음으로 잠 못 자는 고통에 대해 알게 되었다. 남편 말에 의하면 평소에 나는 머리만 대면 자는 속 편한 사람이란다. 남편은 여행을 좋아하지만, 잠자리가 바뀌면 잠을 못 잔다. 그와 달리 나는 어디서든 잘 잔다. 그런 터에 불면증은 상상 이상으로 힘들었다. 다행히 갱년기 증상은 일 년여의 기간에 그쳤지만, 예전처럼 잠을 쉽게 잘 수는 없었다. 나이가 들면 아침잠이 없다더니 나도 예외는 아니었다. 노화의 징후는 여기저기서 나타났다. 우선 안경이 다초점렌즈로 바뀌었지만 가까운 글씨는 안경을 벗고 뚫어져라 쳐다본다. 휴대전화 글씨도 크게 설정했다. 그뿐만 아니라 선택적으로 문자를 읽고 실수하는 일이 잦아졌다. 느슨해진 삶에 촉각을 세우라는 신호일 것이다.

든든한 남편을 수호신으로 세워둔 탓인지 모처럼 단잠을 잤다. 예전에 잠에 대한 우리말 표현을 찾아본 적이 있다. 수십 가지로 표현되는 잠에 관한 우리말 중에서 깊이 든 잠을 이르는 말로는 굳잠, 귀잠, 꽃잠, 꿀잠, 속잠, 쇠잠, 통잠, 한잠 등이 있다. 그때 '꽃잠'을 뇌리에 새겨두었다. '꽃잠'은 신랑 신부가 처음으로 자는 잠이라는 뜻이다. 하지만 이 말의 본래 뜻은 '깊이 든 잠'으로 건강의 꽃이라고 할 수 있다.

오랜만에 큰아들이 집에 왔다. 코로나로 일주일을 앓아

서인지 수척해보였다. 인심쓰듯이 새 차를 내어줄 테니 여행을 갔다오라고 했다. 코로나 후유증인지 입맛이 없다며 먹는 것도 부실하고 남편과 내가 휴가비를 챙겨줬는데도 집에만 있다. 며칠 동안 동면하듯 잠을 자는 20대 후반의 아들을 원 없이 바라본다.

서울에서 자신이 좋아하는 일을 한다지만 직장생활이 얼마나 힘들까? 자는 모습을 가만히 보고 있으니 애처롭다. 집에서라도 이렇게 잠을 자니 다행이다. 보약 한 재 먹은 것처럼 자고 나면 다시 힘차게 일어날 수 있을 것이다.

아들의 지갑을 열어 용돈을 넣어주다가 몇 년 전 서울 올라갔을 때 내가 써준 포스트잇 메모를 읽었다. '항상 너를 응원하고, 네 뒤에는 가족이 있다'라는 내용이다. 힘들 때마다 위로받으며 버티고 있을 생각에 울컥한다.

늦은 밤, 용산리 저수지 길을 내려오는 밤하늘이 별빛으로 반짝인다. 언제든 가족이라는 품 안에서 꽃잠을 자고 갈 수 있는 은신처가 되어줄 수 있고, 기댈 수 있다는 안도감이 어두운 길을 밝힌다.

세 음절

설날 아침부터 내린 눈이 소복이 쌓였다. 아무도 밟지 않은 낮은 산길을 올라 성묘를 하고 농막에 모였다. 여덟 살 된 조카 손녀딸이 마냥 신나서 뛰어다니는 것을 보니 두 아들의 어릴 적 모습이 떠오른다.

결혼 후 남편을 따라 시골집에 살면서 힘들었지만 가장 행복했다. 두 아들은 시골에서 누릴 수 있는 모든 풍요로운 시간을 보냈다. 철마다 자연이 안겨주는 혜택으로 너른 들판을 뛰어다니고 냇가에서 물장구치며 여름을 보냈다. 지금이야 다양한 고가의 캠핑 장비를 갖춰 차박을 즐기지만, 그때는 경비를 줄이기 위해 차에서 잠을 자며 여행을 다녔다. 계획 없이 아무 때고 짐을 챙겨 떠났다. 두 아들이 각자의 자리에서 직장생활하는 지금까지도 변함없이 1년에 두 번은 마다하지 않고 가족여행을 떠난다.

아이들을 키우면서 가장 신경쓴 부분은 형제간 우애이다. 다행히 여행은 관계를 돈독하게 만드는 계기가 되었다. 킥복싱을 하는 둘째는 체격이 형보다 좋은데도 형의 말을 믿고 따랐다. 가끔 어릴 적 차에서 자며 여행한 얘기가 나오면 그 덕분에 가족 간의 유대감도 단단해졌다고 한다.

관계란 무엇일까? 우리는 태어나면서부터 수많은 관계망을 형성해간다. 애정과 신뢰를 바탕으로 한 가장 기본적인 관계가 가족이다. 성장함에 따라 친구, 이웃 등과 관계를 맺으면서 점차 퍼지고 더불어 살아간다. 서로에게 믿음을 주는 친밀한 관계를 통해서 사랑과 인정을 받고, 정서적인 안정과 즐거움을 얻는다. 반면 불만족스럽고 대립적인 관계는 정신적 스트레스를 유발하고 부정적인 영향을 끼친다. 개인적으로 코로나 시기에 불편한 이를 만나지 않아도 돼서 마음이 편했다. 물론 불편한 사이를 만든 책임이 상대방에게만 있는 것은 아니다. 그러나 무조건 상대를 탓하는 마음이 관계를 멀어지게 하고, 문제를 해결하기보다는 피하고 싶었다.

연휴 마지막 날 여동생에게 전화를 걸어 친정집에 언제 오는지 물었다. 그런데 목소리가 차갑고 싸늘했다. 다시 전화를 걸어 무슨 일이 있는지 물어보니 생각지도 못했던 서운함을 토로한다. 지난 추석 무렵부터 묵혀뒀던 감정을 드러내며 하소연하길래 '그때 당시에 솔직하게 말하지 그랬냐'고 덧붙이다가 다툼이 생겼다. 관계가 소원해진 탓이다. 평소 살갑게 안부를 전하고 서로의 관계를 지속하기 위한 노력을 했더라면 오해할 일도 부정적 감정을 쌓고 살 일도 없었을 것이다. '미안해' 한마디면 될 걸 그런다는 동생의 말에 마음이 착잡하다.

솔직하지 못한 화법은 때론 오해로 이어진다. 자신이 미움받을지도 모른다는 마음이 커져 자신감이 낮아지고, 자신의 존재나 인격을 부정당하는 것이 무서운 경우 이는 솔직하지 못한 것이 가장 큰 원인으로 여겨진다고 한다. 감정 전달과 하고 싶은 말을 제대로 하지 못하는 성향 탓에 마음과는 다른 '괜찮아'를 무의식적으로 대답한다. 상대방이 불편해할 말을 하려면 가슴이 두근거리고 기회를 엿보다가 실패를 거듭한다.

돌이켜보니 동생과 함께 나눈 추억이 많지는 않다. 언니 노릇을 못한 미안한 마음을 제대로 표현하지 못했다. 결혼 후 두 아들과 여행을 다니면서 가끔 나와 여동생이 나누지 못했던 시간이 아쉬웠다. 어렵게 용기를 내 '미안해'라는 말과 함께 문자를 보냈다. '사랑해, 고마워'는 쑥스러워 전하지 못했다. 생각해보니 세 음절로 된 단어가 많은데 표현이 서툴러서 오해가 생긴다. 나를 둘러싼 다양한 인간관계를 이해하고, 좋은 관계를 유지하도록 노력하는 것이 필요함을 깨닫는다.

나태주 시인의 「풀꽃」이란 시를 새겨본다. "자세히 보아야 예쁘다. 오래 보아야 사랑스럽다 너도 그렇다."

끌어안기

지난 토요일 친정집에 갔다. 명절을 앞두고 친정집 청소를 하기 위해 작정하고 나선 길이다. 막상 청소를 시작하니 치울 곳이 많아서 반나절 넘게 걸렸다. 청소가 끝날 무렵 큰 조카가 들어왔다. 의례적인 인사를 건네고 방 하나를 사이에 두고 거리가 생겼다.

남동생에게는 딸이 두 명 있다. 딸 둘은 어릴 적부터 엄마의 정을 느껴보지도 못하고 할머니와 살았다. 조카들은 말썽 없이 예쁘게 잘 자랐지만, 고모로서 제대로 사랑을 주지도 못했다. 큰 애는 검정고시로 고등학교를 졸업하고 지금은 청주에 나가 살고 있다. 둘째는 올해 고등학교에 들어갔다. 지척에 살면서도 조카들 생일상 한번 차려준 적 없는 무심한 고모였다.

청소를 끝내고 조카 방으로 들어갔다. 일상적인 질문에 짧은 답이 오가며 형식적인 대화를 했다. 머뭇거리다가 용기를 내서 조카를 안아주며 챙겨주지 못해 미안하다는 마음을 전했다. 어릴 적 상처를 누구에게도 털어놓지 못하고 마음의 병을 앓게 된 조카는 울기 시작했다. 상담교육을 통해 많은 것을 알고 있었지만, 가장 가까운 사람의 아픔을 외면하고 살았다. 조카를 살피지 못한 자신이 부끄러웠다. 짧은 시간이었지만, 묵은 체증이 조금은 내려가는 기분이었다. 그동안 쌓였던 아픔이 한 번의 포옹과 울음으로 치유될 수 있다고 생각하지는 않는다. 그러나 이제야 진심으로 '고모'라는 호칭을 갖게 되는 계기는 될 수 있으리라 생각한다.

요즘 프리허그Free Hug에 관해 관심을 두고 은연중에 실천하려고 노력하고 있다. 우리나라에서 2006년에 '후안 만'이라는 호주인의 인터넷 동영상에 의해 본격적으로 확산하였다. 프리허그는 길거리에서 스스로 'Free Hug'라는 피켓을 들고 기다리다가 자신에게 포옹을 청해오는 불특정 사람을 안아주는 행위다. 일부 장난스럽게 여기는 사람도 있으나, 본디 의미는 포옹을 통해 파편화된 현대인의 정신적 상처를 치유하고 평화로운 가정과 사회를 이루고자 노력하는 것이다.

프리허그닷컴free-hugs.com의 설립자인 제이슨 헌터Jason G. Hunter가 평소에 '그들이 중요한 사람이란 걸 모든 사람이 알게 하자'는 가르침을 주던 어머니의 죽음에서 영감을 받아 2001년에 최초로 시작하였다. 이후 'Free Hug' 로고를 새긴 옷을 제작, 판매하기도 하였다. 요즘은 학교에서 학생과 선생님과의 마음을 나누는 의미로 프리허그 캠페인을 하는 곳도 있다. 이는 스킨십을 통한 교감을 나누는 행동으로 볼 수 있다.

나이가 들어간다는 것은 삶을 바라보는 혜안도 생기고 주변을 한번쯤은 살펴보게 되나보다. 친한 지인이라도 팔짱 끼는 것이 어색하고 손을 잡는 정도의 스킨십도 낯설어서 먼저 손을 내밀지는 않았다. 처음이 힘들다고 했던가? 용기를 내어 조카를 안고보니 백 마디의 말보다도 강한 울림이 있음을 알 수 있었다. 정치인들은 많은 사람을 만나고 인사할 때 상대방의 손을 잡고 악수를 한다. 손을 맞잡는 찰나의 순간에 따뜻한 온기를 전하면서 자신을 분명히 각인시키고 신뢰를 주기 위한 '악수 노하우'가 비장의 카드다.

　지금까지 하지 않았던 행동이라 낯설고 어색하겠지만, 먼저 다가가 손잡고 팔짱 끼는 일을 해볼 요량이다. 겉으로만 그런 것이 아니라 따뜻한 포옹을 하며 진심을 전하고 싶다. 나의 위로가 필요한 이에게 위로의 말보다 온기를 전하고 싶다. 다른 이의 아픔을 전부 이해한다고는 못하지만, 함께 공감할 수는 있을 듯하다.

　저녁에 기숙사로 돌아가는 둘째를 배웅하며 안아본다. 쌀쌀한 가을밤에 따뜻한 바람이 불어온다.

육 남매

오랜만에 시댁 형제 육 남매가 모였다. 그들과 가족의 연을 맺은 지 삼십 년이 되어간다. 예전에는 1년에 두 번 정기적으로 만났었는데 사정이 여의치 않아서 그동안 소원했다. 이렇게 모두 모인 것이 5년 만이다. 매일 만난 사람들처럼 할 얘기가 쏟아지고 옛이야기로 밤을 지새운다. 그러던 중 누군가 단체방에 올린 사진 한 장이 기억을 소환한다.

십여 년 전 볕 좋은 일요일 아침, 노란 티셔츠 두 장을 빨랫줄에 널며 행복해하던 내 모습이 먼저 떠오른다. 그해 여름 유난히 덥고 바쁜 가운데 해마다 있는 시댁 식구들 모임을 했다. 장소는 막내 시누이 집 근처인 강원도 화천 백운계곡으로 정하고 그곳에 모였다.

도착하자마자 서울 둘째 고모부가 우리 앞에 노란 티셔츠를 펼쳐 놓았다. 커플티인 것이다. 모두는 스스럼없이 그 티를 입고 서로 바라보며 깔깔거리고 아이로 되돌아간 듯 왁자지껄 신났다.

강원도 큰형님이 사온 횡성한우며 둘째 고모부가 사온 장어를 안주 삼아 술을 마셨다. 기분 좋게 취기가 오르고 물가로 내려가 단체 사진을 찍었다. 계곡을 둘러보니 노란 티셔츠를 입은 시댁 일가는 어디서나 눈에 띄었다.

　남편은 2남 4녀 중 다섯째로 태어났다. 처음 결혼할 때부터 시부모님은 돌아가시고 안 계셨다. 홀로 삼 남매를 키워오신 친정엄마는 내가 시부모님이 계신 집으로 시집가길 바랐기에 처음에는 완강히 반대하셨었다. 그러나 자식 이기는 부모 없다고 결국에는 내가 바라는 대로 남편과 결혼할 수 있었다.

　시부모님이 계시지 않았기에 그 사랑을 받을 수는 없었지만, 불만은 없다. 지금까지 분에 넘치는 시누이들 사랑을 받으며 결혼생활을 해왔다. 남편의 큰누나인 강원도 형님은 내게 시어머니이자 친정어머니 같은 분이시다. 엄마가 몇 년 전 아팠던 이후로 된장이며 고추장을 지금까지 챙겨주신다.

　친정엄마 김장까지 내가 책임져야 했는데 그 고민도 해결해주셨다. 친정엄마가 처음 병이 났던 그해 겨울 김장을 해본 적이 없던 나는 한동안 속앓이를 했다. 그러던 차에 큰형님이 같이 하자며 전화하셨다. 김장하는 날에도 육 남매는 모두 강원도로 모였다. 김치를 가져가지 않아도 되는 막내 시누이와 서울 형님도 함께 도와주러 온 것이다. 남자들도 모두 팔을 걷어붙였다. 300포기 정도 되는 배추를 소금에 절이고 씻는 힘든 과정은 모두 남자들이 담당하였다. 여자들은 배추 소에 들어갈 무채와 파를 썰었다. 그 모든 뒤치

다꺼리는 모두 큰형님 몫이었지만, 늘 그렇듯이 묵묵히 일
하셨다. 그날 김치를 담근 일은 그 뒤로 우리에게 특별한 이
야깃거리가 되어 모두를 웃게 했다.

육 남매는 강원도 큰형님 댁에 모이는 것을 좋아한다. 특
별한 일이 없어도 형제 중 강원도 간다는 기별만 넣으면 시
간이 맞는 한 같이 어울리기를 좋아한다. 간혹 다툼이 없는
것은 아니나 여간한 일은 마음에 두지 않고 묵인한다. 그곳
에 가면 옛날 엄마가 만들어주셨던 음식을 맛볼 수 있다. 남
편은 특히 고추를 다져 만든 찬을 좋아하는데 늘 챙겨와서
다른 반찬이 없어도 비벼 먹는다. 강원도에는 커다란 항아
리에 오래 묵은 된장과 고추장이 큰형님의 넉넉한 품 안에
서 익어가고 있다.

나는 한번도 시누이 시집살이를 해본 적이 없다. 오히
려 손아래 시누이까지 나를 챙겨준다. 아무것도 할 줄 모르
는 나를 대신해 음식을 만들고 아침밥을 챙겨주는 조건 없
이 따뜻한 사람들이다. 청주 아주버님 댁으로 제사를 지내
러 갈 때도 가까이 사는 고모가 항상 도와주신다. 서로가 시
샘하지 않고 깔보지 않으며 넉넉하지 않아도 유쾌하게 웃
을 수 있는 그들과의 만남이 즐겁다. 시댁의 '시' 자만 나와
도 싫다는데 나는 시누이들의 넘치는 사랑으로 가족의 연
을 더욱 단단하게 이어가고 있다. 철없는 올케를 넉넉하게
품어주는 시누이와 별일 아닌 것도 '고맙다' 해주시는 아주

버님이 가족이라서 좋다.

모두 모인 육 남매가 호탕하게 웃는다. 남편은 '가진 것 없어서 형제의 정이 오래간다'라며 모처럼 즐겁게 취한다. 1년에 한두 번이라도 만나서인지 사촌 간에도 자연스럽게 술잔을 기울인다.

노란 티셔츠를 입은 육 남매와 일가를 이룬 가족 모두가 사진 속에서 환하게 웃고 있다. 그들과 만나면서 쌓은 정이 깊어간다. 오랜 공백을 깨고 다시 이어진 만남이 깨지지 않고 영원하길 기도한다. 빨랫줄에 펄럭이던 노란 티셔츠만큼 밝은 햇살이 창가로 쏟아진다.

제3부
바람길

바람길

새벽 3시, 세상은 고요하다. 공항이 가까울수록 빛이 보이고 소음이 들린다. 출발할 때 내리던 비도 그쳤다. 약속 장소로 이동해 출국 절차를 밟았다. 올해 초에도 아들과 공항에 왔었는데 낯설다. 수화물 탁송까지 무인 단말기로 하면서 새삼 기계치임을 확인한다. 중국행 비행기를 타기까지 멀고도 험한 길을 달려와서 출발 전에 지친다.

한 달 전쯤, 급하게 중국대학과의 학술대회 일정이 잡혔다. 좋은 기회라고 생각해 참가를 결정하고 일정을 조율했다. 그런데 첫 관문부터 쉽지 않았다. 4박 5일간 학술대회 목적이지만 비자를 신청해야 했다. 신청하는 것은 어렵지 않았으나, 문제는 서울 비자센터를 직접 방문해서 지문 등록을 해야만 했다. 그 날짜도 내가 원하는 시간에 맞추는 것이 아니라 비자 접수 후 정해진 날에 꼭 가야 했다.

비자 등록 일정을 못 맞춰서 당초에 가려던 선생님 몇 분이 포기했다. 하루를 비워두고 전날 서울 아들 집에서 잤다. 중국 비자센터에는 많은 사람이 있었다. 일행을 만나서 지문 등록을 하기까지 10여 분도 채 걸리지 않았다. 심사가 까다롭고 어려울 거라는 예상과 달라서 모두 허탈한 표정이었다. 이렇게까지 해서 가야 하는지 의구심이 들었다.

중국에 도착하니 우리 대학원 박사과정에 있는 유학생이 마중 나왔다. 도시철도로 이동하는데도 외국인이라 절차가 까다로웠다. 먼 곳까지 마중 나와서 안내하는 그들의 수고로움이 없었다면 세 시간 가까이 걸리는 목적지까지 당도하지 못했으리라. 언어는 통하지 않았지만, 귀한 손님으로 환대하는 그들의 표정과 마음이 차고 넘쳤다.

불볕더위로 달궈진 중국 땅에서 그들의 마음이 바람길을 만든다. 갑자기 바람이 지나다니는 길을 의미하는 '바람길'이 떠오르다니 마중이 반가웠었나보다. 바람길은, 차고 신선한 공기가 발생하는 곳에서 열섬현상이 일어나는 도심까지 찬 공기가 이동할 수 있게 만들어준다.

함께 간 교수님들은 그들에게 한국에서의 스승이다. '스승의 그림자도 밟지 않는다'는 옛말을 실천하는 제자의 모습을 타국에서 마주하니 뜨끔하다. 동행하면서 살뜰히 챙기고 식사 때마다 성찬으로 차린 음식을 대접했다. 교수님 덕분에 환대를 받으며 그들의 예의 바른 태도에서 유교의 교리를 읽는다. 우리나라에 스승의 날이 있기는 하지만 기념일이 무색할 정도로 교권이 무너지고 있는 현실 앞에 씁쓸할 따름이다.

비자 발급이 까다로워서 오기 힘들었던 것을 생각하면 낯선 곳에서의 만남이 소중하다. 귀하고 은혜로운 시절인연을 만났다. 시절인연은 중국 명나라 말 항주 운서산에 기거한 승려 운서주굉雲棲株宏이 조사 법어를 모아 편찬한『선관책진禪關策進』에 "시절인연이 도래到來하면 자연히 부딪혀 깨쳐서 소리가 나듯 척척 들어맞으며 곧장 깨어나 나가게 된다"라는 구절에서 연유한다. 사는 동안 수많은 인연의 시작과 끝이 시점마다 다르고, 그때 그 시기를 적절히 파악해서 인연을 잘 맺을 일이다.

중국 학술대회를 준비하는 과정과 4박 5일 동안 끈끈하게 이어진 학우와의 관계에서 거리감을 좁힌다. 1년여 동안 동문수학하면서 가벼이 눈인사로 마주하던 사람과는 속말도 나누는 사이로 친밀함이 생겼다. 중국에서 학술대회를 함께하며 만난 유학생을 보며 스승을 대하는 존경의 자세를 바로세우고, 또 하나의 연을 맺는다. 시간이 지나도 잊히지 않을 그들의 마음가짐이 오래도록 기억될 것이다.

이번 여행은 준비 과정이 몇 배 힘들었다. 그러나 포기하지 않고 학술대회에 참가해서 발표도 무사히 마쳤으니 개인적으로 뜻깊은 여행이 되었다. 또한, 유학자 공자의 고향 산둥성 곡부에서 가르침을 받았다. 공자는 지성적인 탁월함보다도 도덕과 예의에 큰 가치를 두었다. 우리를 맞아준 유학생들은 누구보다 도덕과 예의를 지키는 사람들이었다. 그 덕분에 무더위를 날리는 바람의 흐름대로 길을 걸으며 산둥성 곳곳을 누볐다.

귀국 후에도 여전히 그들을 떠올리며 시원한 바람이 스치는 여름을 보낸다.

완전한 자유를 그리며

모처럼 개운하다. 청명한 하늘 아래 낮은 지붕의 건물이
잘 어울리는 시골길을 걷는다. 종종거리지 않고 천천히 주
변을 둘러보는 재미가 쏠쏠하다. 료칸에서 온천욕을 하고
잠을 잘 자서 한결 몸이 편해졌다.

어제 도착한 료칸은 깔끔하고 조용해서 마음에 들었다.
이부자리도 푹신하고 편안했다. 무엇보다 돌멩이로 만들어
진 노천탕이 자연과 어우러져 있었다. 가방을 풀자마자 노
천탕으로 달려간다. 이국의 밤하늘을 바라보며 심호흡을
크게 한번 한다. 일본의 전통 숙소인 료칸에 마련된 노천탕
에 얼굴만 내밀고 있다. 늦은 밤이라 그런지 혼자뿐이다. 겨
울이지만 온천에 몸을 담그고 있으니 춥지 않다. 주변은 고
요하고 적막감이 감돈다. 바람에 흔들리는 나뭇잎과 숨소
리를 듣는다.

한 시간 남짓 걸려 도착한 후쿠오카는 제주도처럼 따뜻
했다. 라멘은 꼭 먹어봐야 한다며 유명한 맛집에서 문 열기
를 기다려 들어갔다. TV에서 자주 보던 공간 구성으로 혼
자서도 음식을 집중해서 먹을 수 있도록 칸이 나누어져 있
었다. 정보에 의하면 줄을 서서 먹을 정도로 맛있다고 했는

데, 입맛에 맞지 않아서 그런지 별로였다. 속이 부글거리며 표정이 일그러졌다. 온천으로 유명한 유후인으로 이동하는 두 시간을 용케 버텄다.

이곳이 일본인지 고국인지 모를 정도로 한국 사람들이 많았다. 아들을 따라가다보면 늘 그들의 무리에 속했다. 일본 특유의 아기자기한 상점을 기웃거리며 구경했다. 줄이 길게 늘어선 곳은 유명하다는 것을 짐작으로 알 수 있었다. 중심거리를 지나 새벽 물안개가 아름답다는 호수로 향했다.

호수 바닥 일부에서 온천과 맑은 물이 솟는 신기한 호수다. 일교차가 큰 날에는 물안개가 자욱해서 환상적인 분위기를 자아낸다고 한다. 주변을 따라 걸으며 물속에서 헤엄치는 물고기와 물새를 바라봤다. 물고기가 수면 위를 뛰어오르는 모습이 석양에 비쳐 비늘이 금빛으로 보인다고 해서 '긴린코 호수金鱗湖'라고 불린다. 호수 끝으로 오니 얕은 물에 선명한 색의 커다란 비단잉어가 대여섯 마리 모여 있었다. 물고기의 동선대로 눈을 움직이다보니 마음이 가벼워진다.

아무것도 하지 않아도 그저 다른 하늘 아래에서 물을 바라보는 것만으로도 치유되는 힘은 어디서 오는 걸까? 함께 왔지만 나 혼자 상념에 빠져 있어도 서로 방해가 되지 않고 기다려주는 아들이 고맙다. 아들과의 여행을 좋아하는 이유 중 하나는 서로의 자유를 존중하기 때문이다. 어릴 때부터 지금까지 병치레가 잦았던 큰아들은 유독 마음이 쓰인다. 어린 아들과 서울대학병원으로 진료를 받으러 가면서 서울 구경을 했다. 진료의 불안보다는 여행의 기억으로 설렘을 안겨주고 싶었다. 나와 성향이 비슷해서인지 아니면 내게 맞추는 아들의 배려인지는 몰라도 함께하는 일이 많았다. 제부도로 1박 2일 여행을 갔을 때도 그랬다. 그때 가장 기억에 남는 것은 카페에서 머문 것이다. 바다가 보이는 예쁜 카페에서 나란히 앉았다. 나는 파도가 철썩이는 바다와 물새를 물끄러미 바라보며 글감을 찾으려고 생각에 잠겼다. 그 옆에서 아들은 노트북으로 일을 하며 각자의 시간을 보냈다.

호숫가 산책로를 따라 걷다가 말을 건네는 한국인 노부부를 만났다. 일흔쯤 돼 보이는 두 분은 일주일 정도 자유여행을 왔다고 하신다. 스마트폰으로 검색하면서 등산로를 따라 걷고 있다. 유후인에 며칠 묵으며 산책과 온천을 즐길 거라는 이야기를 나눴다. 나이 들어서 오신 것도 대단했고, 부부가 함께하는 모습이 좋아보였다.

작은 시골 마을인 유후인에서 더 머물지 못해 아쉬웠다. 하카타로 이동해서 근처 공원을 찾았다. 제주도의 겨울처럼 따뜻한 날씨로 꽃이 피어 있는 공원은 한적하고 조용했다. 같은 공간에서 외로움을 느끼지 않고 바라보고 싶은 대로 볼 수 있어서 다행이다. 낯선 이의 시선도 아랑곳없이 광장을 유유히 거니는 비둘기의 여유로움이 전이된다. 서로의 생각은 달라도 구속하지 않는 자유가 하늘을 날고 있다.

설렘과 두려움, 그 어디쯤

작년 12월 중국 우한시에서 퍼지기 시작한 신종 코로나 바이러스 감염증으로 전 세계인들이 공포와 두려움에 떨고 있다. 영화로만 보던 일이 실제로 벌어지고 있다. 어처구니없게도 '세계는 하나'라는 공동체감마저 든다. 그런 유대감이 몹쓸 전염병에까지 영향을 끼쳤다. 이상기온으로 무너진 환경 앞에서 세계 어느 나라도 안전지대는 아니다. 바이러스와의 전쟁을 톡톡히 치르는 중이다. 감염 예방을 위한 마스크와 손 소독제는 값이 폭등하더니 끝내는 품절 대란에 이르렀다.

여행을 가는 기쁨의 절반은 떠나기 전의 설렘인데 걱정이 앞섰다. 사람이 많이 몰리는 공항이 가장 큰 문제였다. SNS에 올라온 사진도 사태의 심각성을 더했다. 생수통만 한 페트병을 잘라서 머리에 쓴 사람과 김장 비닐봉지를 뒤집어쓴 중국 일가족의 모습이었다. 일행 중 한 명이 '우리도 김장 비닐봉지 준비해야 하는 것 아니야?' 하고 댓글을 달았는데 결코 웃어넘길 수 없었다.

얼마 전 역사 프로그램에서 신라 시대 전설의 피리 '만파식적'에 대한 이야기를 보았다. 신라 신문왕이 아버지 문무

왕을 위해 동해의 외딴 섬에 감은사를 지었다. 어느 날 바닷가에서 보니 거북 머리를 닮은 섬에 대나무가 올라왔다. 낮에는 둘로 쪼개지던 나무가 밤에는 하나로 합쳐졌다. 계시를 받은 신문왕이 신하들에게 대나무를 베어 오게 했다. 대나무로 피리를 만들어 부니, 진을 치고 있던 적군은 물러가고, 나라를 휩쓸었던 역병도 사라졌다. 아마도 신문왕의 백성을 생각하는 마음이 하늘에 닿았기 때문일 것이다. 그래서 이 피리를 불면 '만 가지 근심이 가라앉는 피리'란 의미로 '만파식적萬波息笛'이라고 부르고 국보로 삼았다.

다른 때보다 인천공항은 한산했다. 코로나바이러스 때문인지 마스크와 장갑 등을 대부분 착용했다. 사전에 체크인해서 수속을 일찍 마치고 출국장 안으로 들어갔다. 탑승을 기다리는 동안 발라드 음악을 들었다. 불안한 마음이 조금씩 사그라든다. 마치 신라 신문왕이 불던 피리 소리처럼 들린다. 두려운 마음이 사라졌다.

이스탄불까지 오랜 여정도 지루하지 않았다. 편한 옷차림으로 혼자만의 시간을 즐긴다. 어디를 가든 음식을 달게 먹는다. 비행 중에 기내식은 특별히 입맛에 맞다. 짧은 비행에서는 맛볼 수 없다. 이륙 후 30여 분쯤 지나서 앞에서부터 음식을 제공하고 있었다. 어떤 메뉴가 있는지 살펴보고, 마음속으로 음식을 정한다. 백포도주를 곁들여서 먹는 비빔밥은 최고였다. 옆자리에 외국인도 고추장을 듬뿍 넣어서 비빔밥을 깨끗이 비웠다. 디저트로 커피까지 마시고 잠깐 잠이 들었다.

최근 불면증에 시달렸다가 모처럼 달게 잤다. 기내에 설치된 모니터로 영화를 검색했다. 평소 영화 볼 시간이 없었는데 이 기회에 호사를 누린다. 최신작은 아니더라도 영화 몇 편을 보다보면 시간도 금방 가고 나름 부족한 문화적 역량을 채운다. 영화를 보면서 가끔 맥주 한 잔의 서비스를 청하기도 한다. 영화를 보는 중에 착륙 시간을 알리는 기내 방송이 나오면 아쉬움이 크다. 그래서 돌아오는 비행기에서 볼 영화를 미리 선정해두기도 한다.

신종 코로나바이러스로 여행을 취소해야 할지 고민하다가 최악의 상황임에도 무리해서 떠난 게 잘했다. 걱정 근심 모두 안고 비행기에 탔는데, 그래도 땅 위에서 멀어질수록 조금씩 편해졌다. 하늘 위를 날고 있는 비행기 안에서 창밖을 바라보며 수많은 생각을 한다.

인간의 위대한 발명품 중 하나인 비행기의 위력을 실감하며 구름을 본다. 복잡한 심경도 구름에 가려 보이지 않는 듯하다. 친구의 죽음 앞에서 슬픔의 무게를 견디지 못해서 도망치듯 여행을 떠났다. 벗어난다고 현실이 사라지는 것은 아니겠지만, 멀리 떨어지면 타인의 눈으로 볼 수 있으리라는 생각이 들었다. 하늘 위에서 무중력의 평온함을 느낀다. 멀리 떨어져서 바라보기 위해 나는 지금 하늘을 날고 있다.

시드니의 밤하늘

바람이 불어온다. 날씨는 흐리지만 봄의 기운이 느껴지는 3월도 중반을 지나고 있다. 새 학기가 시작되어 하루가 어떻게 가고 있는지도 모르게 바쁘게 지냈다. 한숨 돌리고 하늘을 올려다보니 푸른 하늘과 흰 구름 사이로 시드니의 쪽빛 바다가 보인다.

지난 2월 지인들과 호주로 떠났다. 일상생활의 스트레스를 여행으로 풀곤 했는데 그때마다 여행을 가기 전에 느끼는 설렘이 가장 좋았다. 그런데 이번 여행은 가기 전부터 힘들었다. 두 번의 교통사고로 크게 다치지는 않았으나 심신이 많이 지쳐 있었고, 여행 전날까지 쉴 틈 없이 바빴다. 오랜 경험으로 여행 가방을 대충 꾸렸다. 장시간 비행을 고려해 운동복 차림으로 홍콩을 거쳐서 호주에 도착했다.

가이드를 만나서 본격적인 여행이 시작되었다. 시드니에서 사흘을 관광하고, 비행기를 타고 멜버른으로 가서 이틀을 구경하는 일정이었다. 날씨는 늦여름에서 초가을의 쌀쌀함도 느껴졌다. 시드니 날씨는 하루에도 몇 번씩 변덕을 부려서, 우산이나 겉옷, 한국에서 올 때 입었던 겨울옷이 필수가 되었다.

시드니에서 시작된 여정은 예순은 되어 보이는 한국 남자가 기사 겸 가이드로 함께했다. 모녀지간, 혼자 온 여성, 그리고 우리 팀이 합류하여 일곱 명이 일정을 함께했다. 이탈리아나 스페인을 갔을 때는 서른 명 정도가 버스로 이동해서 관광지마다 사진을 찍기도 시간이 촉박했다. 호주 여행은 인원이 적어서 마음에 들었다. 첫날 남태평양과 연결된 포트스테판 사막을 갈 때는 날씨가 맑아서, 뜨거운 모래 언덕을 올라 썰매를 타고 내려오는 전율을 만끽했다. 그 뒤로 호주의 그랜드캐니언이라고 불리는 블루마운틴 국립공원을 갔을 때는 비가 오고 흐려서 구름에 가려 있었다.

배를 타고 바다를 나갔다. 해안에 서식하는 돌고래를 보기 위해서 갑판 위에 올랐다. 사람들은 넓은 바다에서 돌고래를 찾느라고 우왕좌왕했다. 배에 탄 누군가가 "돌고래다" 하고 외치면 우르르 몰려갔지만, 돌고래는 바닷속으로 모습을 감춘 뒤였다. 나도 이쪽저쪽 옮겨 다니며 돌고래를 열심히 찾았다. 그런 내 모습이 우스꽝스러웠다. 처음 돌고래를 보러간다기에 우리나라처럼 훈련된 돌고래를 생각했었다. 바다에 산다고는 하지만 쉽게 볼 수 있는 건 아니었다. 먼발치에서 꼬리를 본 것으로 만족해야 했다.

우리 일행은 양모로 된 이불과 약품을 구입했는데, 여행이 끝난 후 열심히 갚을 걱정을 하면서도 많이 샀다. 기사 아저씨도 기분이 좋은지, 예정에도 없던 시드니대학교를 보여주겠다고 하셨다. 호주에서 가장 오래되고 규모가 큰 시드니대학교에 도착했을 때는 저녁이었다. 어둠 속에서도 흐릿한 불빛 아래 오랜 세월의 흔적을 고스란히 남은 학교가 멋스러웠다.

오페라하우스는 시드니에서 빼놓을 수 없는 명소다. 육지에 잇대서 5,800개의 기둥을 박아 건물을 지었다. 노천카페에 앉아 하버 브리지를 바라본다. 유명한 칵테일인 레몬라임비터를 마시며 불빛에 아른거리는 야경이 운치를 더한다. 시드니하우스의 밤은 저마다의 인생을 펼쳐가는 사람들로 북적였다. 가는 곳마다 우리나라 사람들이 많아서 여행 온 기분이 들지 않았다. 그런데 유럽의 젊은 남녀들과 어울려 라이브 음악을 듣는 밤은 이국적이었다.

시드니에서의 일정은 변덕스러운 날씨로 만족스럽지는 않았다. 거기에 초콜릿을 걸고 퀴즈만 연신 내던 수다스러운 기사 아저씨 때문에 창밖 풍경을 제대로 감상할 수도 없었다. 그래도 낮의 부족함을 채워줄 수 있는 밤의 아름다움이 있어서 다행이다. 불빛으로 깊어가는 이국의 밤하늘이 추억으로 물들어간다.

조각하늘 해돋이를 품고

시드니에서와 달리 멜버른에서는 시작부터 좋았다. 우선 기사 겸 가이드가 40대 초반의 남자였다. 나직한 목소리로 관광지 역사와 호주 생활에 관한 이야기를 들려주었다. 여행하는 동안 날씨도 청량하고 맑았다.

멜버른은 작은 도시라고 생각했는데, 시내를 벗어나니 초록 들판이 끝없이 펼쳐졌다. 방목으로 키워지는 소와 말, 양들이 한가롭게 풀을 뜯어먹는 모습을 곳곳에서 볼 수 있었다. 점심을 먹은 후 작은 마을에 있는 숲속 산책길을 둘러보았다. 사람의 손이 닿지 않은 자연 그대로가 인상적이었다. 아무것도 하지 않아도 힐링이 되었다. 땅이 넓어서인지 이동하는 시간이 오래 걸렸다. 특별하게 보거나 하는 일 없이 마트도 들르고, 저녁을 먹으며 일몰 시간이 되기를 기다렸다.

바다를 끼고 낮은 산을 굽이굽이 돌아서 올라가니 너른 들판이 있었다. 거기에는 야생 알파카가 풀을 뜯어먹고 있었다. 캥거루와 비슷하게 생겼는데 얼굴이 쥐의 모습과 닮았다. 창문을 두드리자 앞발을 들고 물끄러미 보고 있는 모습이 순박해 보였다.

필립섬 펭귄정보관에서는 일몰 무렵 펼쳐지는 펭귄 퍼레이드를 볼 수 있다. 자연적으로 서식하는 펭귄이 바다에 갔다가 해질녘이면 바다에서 올라온다. 수많은 펭귄이 집으로 돌아오는 장관이 펼쳐진다. 펭귄이 줄지어 뒤뚱거리며 바다에서 나와 해안으로 올라온다. 자그마한 굴에 사는데, 내가 보기에는 그 집이 그 집 같다. 자기 집을 용케 알고 찾아가는 것이 신기하다. 작은 굴에 펭귄이 있는 때도 있다고 해서 살펴봤지만 찾을 수 없었다. 괭이갈매기가 먹이를 물고 가는 모습을 보았는데, 그 먹이가 펭귄이라는 말에 깜짝 놀랐다. 펭귄의 천적은 괭이갈매기뿐만 아니라 사막여우도 있다고 한다.

가이드는 펭귄을 잘 볼 수 있는 자리와 방법을 알려줬다. 드디어 펭귄을 볼 수 있는 곳으로 들어갔다. 바다에서 올라오는 모습을 옆에서 볼 수 있도록 한 쪽으로 길을 만들었다. 관리인은 불빛을 은은하게 비추고, 사진은 절대 찍지 못하도록 했다. 펭귄을 찍지 못한다는 것이 아쉬웠지만, 자연 그대로의 모습과 생태를 보존하려는 숭고한 사명감이 전해졌다. 많은 사람이 줄 끝에 매달려 웅성거리며 펭귄의 퇴근길을 따라다녔다.

바다에서 자기 집을 찾아 어둠이 내린 길을 뒤뚱거리며 삼삼오오 짝을 지어 올라오고 있었다. 30㎝ 정도의 크기를 가진 펭귄이 뒤뚱거리며 올라오다 넘어지기도 하고, 머뭇거리다가 옆길로 가서 자기 집을 찾아간다. 웃음이 났다. 아장아장 걸어서 엄마 품에 안기는 아기처럼 귀엽고 사랑스러웠다. 지금도 그 모습은 사진을 찍어둔 것처럼 선명하게 남아 떠올리기만 해도 기분이 좋아진다.

이튿날은 푸른 하늘과 쪽빛 바다를 실컷 봤다. 영국 BBC가 선정한 '죽기 전에 가봐야 할 100가지 명소' 중 하나인 그레이트 오션로드는 세계에서 가장 아름다운 바닷길이다. 구불구불한 해안선을 따라가니 파도와 바람에 침식되고 풍화된 수많은 바위와 절벽이 보였다. 기기묘묘한 절벽과 바위가 바다와 장관을 이루었다. 대자연의 위대함에 숙연해졌다. 그레이트 오션로드 풍경을 하늘에서 내려다본 헬기 투어도 잊지 못할 최고의 경험이었다.

여행 마지막 날 아침 일찍 멜버른공항에 도착했다. 가이드는 마지막까지 하나라도 더 보여주기 위해 짧은 순간도 놓치지 않았다. 가이드 중 이곳을 아는 사람은 많지 않다며 옥상에 주차하였다. 차에서 내리는 순간 짧은 탄성이 절로 나왔다.

새벽 빛에 붉은 기운이 푸른 하늘 언저리를 물들인다. 일출 직전의 아름다운 광경은 언제봐도 장엄하다. 얼핏 보기에는 저녁노을 같았다. 쪽빛 하늘에 단풍 물이 번진 듯 환상적이다.

흩어져 있는 구름 사이로 떠오르던 햇귀를 오래도록 눈

에 담는다. 서로의 빛깔을 잃지 않고 어우러진 아름다움에
우리는 모두 하나로 물들어갔다.

꽃등을 밝히며

어둠이 내린 강물 위로 소원을 띄운다. 수많은 강과 운하로 덮인 물의 나라 태국에서 두 손을 모은다. 강가로 나온 현지인들 사이에 우리 일행도 함께 서 있다. 말은 통하지 않지만, 현지인들이 하는 대로 초에 불을 밝히고 경건한 마음을 담아 의식에 참여했다.

해외 축제 벤치마킹으로 태국의 대표적인 명절 가운데 하나인 러이 끄라통Loi Krathong을 보게 되었다. 태국력으로 열두 번째 달 보름 저녁에 열리는 민속축제인 '러이 끄라통'에서 '러이'Loi는 '띄워 보내는 행위'를, '끄라통'Krathong은 '떠 있는 배', '떠 있는 장식' 등을 의미한다. 사람들은 끄라통 위에 불을 밝힌 초와 동전 등을 실어 강이나 호수, 운하에 띄우고 촛불이 꺼지지 않은 채 멀리 떠내려가면 소원이 이루어진다고 믿는다. 이 축제는 방콕, 수코타이, 치앙마이, 아유타이 등 태국 전역의 강가에서 열린다. 특히 치앙마이에서는 사람들이 모두 나와 풍등을 날리는 장관이 펼쳐지기도 한다.

우리 일행은 방콕의 짜오 프라야Chao Phrya 강을 따라 끄라통을 띄워 보내려고 이동했다. 교통이 혼잡하여 축제의 중심부에는 운영진만 가기로 해서 아쉬움은 있었으나, 사람들의 행렬 속에서 들뜬 기분이었다. 좁은 길을 따라 끄라통을 파는 노점상이 줄지어 있었다. 손수레 하나 들어갈 정도의 노점상에서는 바닥에 앉아서 끄라통을 만드는 어린 소녀들이 있었다. 우리는 바나나 잎으로 만든 연꽃 모양에 꽃장식이 예쁜 끄라통을 하나씩 샀다. 끄라통을 하나씩 손에 들고 나오는 사람들이 많아졌다.

강이 가까워질수록 끄라통은 수많은 사람만큼 화려하고 다채로웠다. 형형색색의 빵 모양에 장식하거나 아이스크림 콘으로 드레스를 입은 공주 인형도 있었다. 강가 난간으로 가서 준비된 촛불에 향을 피웠다. 끄라통을 강물에 띄울 수 있도록 뜰채를 들고 있는 사람에게 건넸다. 경사진 면에 끄라통을 미끄러지게 해서 물로 띄웠다. 빵으로 만든 끄라통을 띄우자 팔뚝만 한 물고기가 떼로 몰려들었다. 물고기 밥으로 줄 식빵도 별도로 팔고 있었다. 시커멓게 파닥거리는 물고기 떼 사이로 내가 띄운 끄라통이 보였다. 멀리 가기 바라며 가족의 건강과 평안함을 빌었다. 오래 오래 바라보면서 품바축제의 성공도 기원했다.

내년이면 20주년이 되는 음성 품바축제에 대한 애정은 각별하다. 군이 주관이 된 행사가 아니라 열악한 조건 속에서 예총 회원들이 한마음 한뜻으로 시작하였다. 나도 어린 아들들에게 품바 분장과 옷을 입혀 함께 무대에 오르는 열정을 쏟았고, 그때는 회원 모두가 스스로 발 벗고 나섰다. 거지축제라는 지역 주민들의 시선 속에서 지역민들과 함께하는 축제로 성장하기까지 많은 사람의 노력이 있었다.

그 결과 지금은 최귀동 할아버지의 숭고한 정신을 기리는 사랑과 나눔의 축제로 자리매김하였다. 또한 올해 문화관광부의 유망 축제로 선정되는 쾌거를 올렸다. 음성군민을 대상으로 축제아카데미를 열어 지역민들과 함께 고민해보기도 하고, 벤치마킹의 영역을 해외로까지 넓혔다.

이제 축제를 위한 준비는 연중 계속될 것이다. 방콕에서 본 러이 끄라통 축제는 화려하지는 않지만, 지역 곳곳에서 어른이나 아이 할 것 없이 모두 즐기고 있었다. 소원을 빈다는 신앙적인 특징을 지니고 있기는 하지만 자발적인 모습이 인상 깊었다. 무언가 홀린 듯 강가로 몰려나오는 사람들처럼 품바축제에도 모든 사람이 그러했으면 좋겠다.

보름달 아래 흐르는 강물을 따라 연꽃 등불이 흔들리며 떠내려간다. 저 강물에 띄워진 수많은 바람 속에 스무 살 성년식을 앞둔 축제의 등불도 흘러간다.

낯선 곳, 사람을 만나다

이스탄불공항에서 처음 만난 한국인 가이드는 훤칠한 키에 깔끔한 외모가 돋보였다. 어딘지 까칠해 보이던 첫인상과는 달리 여행지 역사를 구수하게 쏟아냈다. 그리스로마 신화와 터키 지역과 관련된 이야기를 지루하지 않게 풀어냈다.

터키는 여행 일정상 목적지까지 세 시간 남짓 버스를 타고 가야 했다. 그런데 버스에서의 시간이 무료하지 않았다. 걸핏하면 잘생긴 얼굴을 들먹이면서 잘난 체를 하는데도 밉상은 아니었다. 뛰어난 화술로 관광지에 대한 설명과 일화를 들려주었다. 얘기를 듣다보니 그가 터키를 사랑하는 한국인으로서의 자부심이 느껴질 만큼 진솔하고 당차 보였다. 터키인에게 한국을 제대로 알리는 전도사 역할을 하고 싶은 꿈이 있다는 그의 말에 신뢰가 느껴졌고 응원하고 싶었다.

지금까지 세계 여러 곳을 다니면서 다양한 성향의 가이드를 만났다. 재미없는 역사 얘기에 잠을 자기도 하고, 가끔 무례한 말투 때문에 기분이 상한 적도 있다. 그런데 이번에 만난 가이드는 조금 달랐다. 여행 가이드라고 하면, 보통은 해당 관광지의 배경과 역사를 전달하는 방식이다. 그런 이야기는 책이나 인터넷 검색으로 누구나 알 수 있는 정보다. 그는 관광지에 숨어 있는 비밀스러운 이야기를 털어놓는 것처럼 흥미진진하게 끌어당기는 매력이 있었다. 그런 이야기를 듣다보니 유적지에 있는 흔한 돌도 새삼스럽게 보였다. 천 년을 거슬러서 오가는 역사가 보인다.

언제 어디를 가느냐보다 중요한 것은 사람이다. 나 또한 여행을 갈 때 먼저 고민하는 부분이다. 이번에도 누구와 가느냐의 선택에서 일단 코드가 맞는 사람들과 떠났다. 여행지에서 방을 함께 쓰는 지인과도 서로의 사소한 습관으로 인한 갈등이 없었다. 잠버릇이 고약한 나로서는 다행이다. 궁합이 맞는 사람들과 떠난 여행에서 여행지의 모든 것을 좌우하는 가이드를 잘 만났으니 그것도 행운이다.

일주일간 함께한 서른한 명은 이틀 정도 지나자 조금 친숙해졌다. 팀 중 누구 하나 튀는 이 없이 규칙과 약속을 잘 지켰다. 서로를 조금씩 배려하는 마음으로 얼굴 붉히는 일과 언쟁 없이 일정을 마쳤다. 여행이 끝나면 언제 어디서 다시 만날지 모르지만 짧은 여행을 무탈하게 했다는 안도감이 든다.

여행을 갔다온 지 한 달이 되어간다. 지금 코로나19로 인한 사회적 분위기는 여행을 떠날 때보다 심각한 상황이다. 세계 여러 나라에서 한국의 입국을 금지했다. 세계로 나가는 길도 막히고 국내에서의 이동은 더더욱 그러하다. 갑작스러운 확진자의 증가와 지역사회 감염의 확산으로 지금까지 경험해보지 못한 긴장과 공포가 일상생활을 위협하고 있다. 2월 말경 한의사협회는 권고문을 발표했다. 마스크 사용법과 손 위생관리, 개인물품 위생관리 등을 철저히 지켜주길 당부했다. 또한 외출을 최소화하여 불필요한 접촉을 피하고 재택근무, 개학 연기, 어린이집 휴원 등 '사회적 거리두기'를 제안했다. 3월 첫 주는 큰비나 눈이 오는 날처럼 집에 머무는 일주일을 권고했다. 질병관리본부도 마스크보다는 사회적 거리두기가 더 효율적이라고 말한다.

서로 거리를 두고 있다. 그러나 SNS를 통해 많은 사람은 이 위기를 함께 견디기 위해서 기부를 하기도 하고 자신의 재능을 나누고 있다. 또한, 많은 사람이 최전선에서 고군분투하는 사람들을 응원하고 있다.

여행뿐만 아니라 삶에서 사람을 잃으면 모두 잃는 것이다. 사람을 향한 길은 얼음장 밑의 물줄기처럼 흐르고 있다. 가짜뉴스, 마스크 사재기, 전화금융사기 등 불신을 키우기보다는 서로를 신뢰하고 한 뜻으로 마음을 모아야 할 때다. 30초 손씻기를 지키고 지혜를 모은다면 솔로몬의 말처럼 '이 또한 지나가리라'.

런던의 햇살

1월에 스페인과 포르투갈을 다녀왔다. 그때만 해도 첫 유럽 진출의 설렘으로 몇 달 전부터 행복과 떨림 속에서 일상을 보냈다.

어쩌다보니 유럽 여행의 운이 텄다. 1월에는 스페인과 포르투갈을 다녀오고, 여름이 끝나가는 8월 하순쯤에 이탈리아, 영국, 스위스, 프랑스 4개국 일정이 잡혔다. 이탈리아를 제외한 3개국은 그야말로 점만 찍고 오는 여정이지만 또다시 여행을 가기 전의 행복을 느낄 수 있었다.

떠나는 순간까지의 소소한 즐거움을 어찌 놓칠 수 있으랴. 그런 가운데 이번 여행은 두 번째라 조금은 담담하게 준비했다. 여행을 떠나기 직전까지 수업하고 정신없이 짐을 챙겨 인천공항으로 향했다. 금요일 저녁이라 그런지 길이 많이 막혔다. 미팅시간에 늦는 것은 아닌지 긴장이 되었다. 모든 수속을 마치고 비행기에 올라서야 두 번째 유럽 여행이 실감이 나고 기대가 되었다.

카타르항공 비행기를 타고 중간 경유지인 도하에 도착했다. 스페인 여행 때 경유했던 곳이다. 구경할 곳도 마땅치 않아서 탑승 시간까지 기다렸다. 17시간의 긴 비행을 끝내고 드디어 런던에 입성했다. 신사의 도시에서 투어가 시작됐다.

첫 관람지인 대영박물관British Museum은 대규모 컬렉션을 갖춘 박물관으로 유명하다. 미술사적으로 가치 있는 작품뿐 아니라 인간의 역사와 문화에 관련된 인류학적 유물들을 함께 전시하고 있다. 7백만 점이 넘는 것으로 알려진 소장품들은 인간 역사와 문화적 가치를 평가하여 선정된 작품들로서 각 지역과 시대를 대변하는 존재들인 셈이다.

거대한 규모의 박물관을 짧은 시간에 본다는 것은 무리가 있어서 몇 곳을 정해서 관람했다. 그중에서 파르테논 신전과 미라를 봤다. BC 2247년 파르테논 신전의 원본 일부가 박물관에 소장되어 있었다. BC 2300년 전부터 만들었다는 미라 중에서 5400년 전 미라인 진저의 모습은 몇 천 년 전의 세월을 거슬러 경이롭기까지 했다. 역사책으로만 알고 있던 흔적을 직접 보면서 그 시절의 문명을 이루어낸 위대한 사람들을 떠올린다.

박물관을 나와서 유명하다는 런던브리지로 걸어갔다. 시내를 가로질러 흐르는 템스강 위에 세워진 다리다. 런던 중심부의 시티오브런던과 서더크를 잇는 굉장히 오랜 역사를 지녔다. 난간에 서서 아래를 내려다보니 강물이 유유히 흐른다.

나는 지금 런던을 흐르는 템스강 위에 서서 사진을 남긴다. 천천히 감상하고 사색하며 거리를 거닐면서 런던 분위기를 느껴보고 싶었지만, 그럴 여유도 없이 부랴부랴 인솔자를 따라갔다. 자세한 설명도 건성으로 흘려듣고. 틈이 나면 사진을 찍는 데만 급급할 수밖에 없었다. 런던의 세세한 풍경을 양껏 볼 수 없어서 아쉬웠다.

런던 날씨는 우리나라와 비슷하다. 여름은 덜 덥고 겨울에는 약간 더 따뜻하다고 한다. 문제는 하루에도 몇 번씩 변덕스러운 날씨 때문에 일교차가 큰 점이다. 영국 신사의 모습을 떠올리면 정장을 입고 마술사 모자처럼 생긴 'Top Hat'을 쓰고 있다. 거기에 가장 인상적인 것은 한 손에 긴 우산을 들고 있는 모습이다. 전형적인 신사의 모습에서 알 수 있듯이 갑자기 비가 오거나 흐린 날씨가 대부분이다. 그중에 오늘은 드물게 더운 날씨란다. 그래서인지 공원에서 자유롭게 햇볕을 쬐는 사람들이 많았다. 우리가 겨울에도 자외선 차단 크림을 바르고 모자를 쓰는 것과는 달리 자연을 즐기는 그들의 모습이 부러웠다.

런던에서 가장 인상적이었던 것은 잔디밭에서 온몸으로 햇볕을 쬐던 사람들의 표정이다. 여유롭게 시간을 즐기고 아주 잠깐 비치는 햇볕도 고맙게 여기는 얼굴이었다. 나도 언젠가는 다시 한번 와서 런던의 모든 것을 제대로 만끽하고 싶다. 거리낌 없이 누워 재촉하지 않는 자유여행을 꿈꾸며 모자를 벗는다.

뜬마음, 하늘을 날다

 꽃피는 3월을 시샘하듯 바람이 차다. 겨울잠에서 깨어난 것처럼 기진맥진했다. 엊그제 첫 수업도 힘에 겨워서 일찍 잠이 들었다.

 일이 많은 것도 아닌데 힘은 몇 배로 힘들다. 또 신호가 온다. 다시 떠나야 할 때가 온 듯 일상이 무기력하다. 작년 9월쯤 여행 모임에서 예산에 맞춰 동남아 쪽으로 여행지를 알아보았다. 어찌하다가 스페인과 포르투갈로 의견이 모여 떠나기로 했다.

 돈은 둘째치고 유럽에 처음 나간다는 생각에 한껏 들떴다. 세 집에서 각자 아이들을 데리고 가기로 했다. 남편 몰래 대출을 받아서 여행비를 입금했다. 떠나기 전부터 빚을 진 여행이지만 날마다 기분이 상승했다. 몇 개월 전부터 마음은 벌써 목적지에 도착해 있었다. 쇼핑할 기회가 생기면 여행을 염두에 두고 물건을 샀다.

 기록에 의하면 이베리아반도의 두 나라인 스페인과 포르투갈은 역사적으로 매우 깊은 관계를 맺고 있다. 고대부터 스페인과 포르투갈 지역에 이베리아인들이 거주하고 있었다. 그 뒤 켈트족과 혼혈화되면서 켈트-이베리아인들의 땅이 되었고, 이후 로마 제국에 병합되었다. 그 당시 스페인은 히스파니아, 포르투갈은 루시타니아라고 불렸다. 이때부터 스페인과 포르투갈은 문화와 일상생활이 로마화되고 언어도 대부분 라틴어를 사용하게 되었다.

인터넷에서 스페인과 포르투갈에서 가볼 만한 곳, 음식, 유명한 것 등을 찾아보고 TV에서 했던 〈꽃보다 할배〉의 '스페인' 편을 다시 보기 하면서 미리 즐기는 여행은 맛도 있고 멋도 있었다. 두 아들에게도 스페인에 대해 미리 찾아보도록 일러두었다. 우연히 손미나 아나운서가 쓴 『스페인, 하늘을 날다』라는 책을 보았다. 단숨에 읽어 내려갈 정도로 흥미로웠다.

종일 수업을 하면서도 문득문득 여행이 떠올라 혼자서 웃고 즐거웠다. 4개월여, 날짜를 헤아리다시피 손꼽으며 기다렸다. 처음 두 달은 시간이 거북이걸음으로 가고 있는 것처럼 느껴졌다. 그 후에는 여행 준비를 하다보니 떠나는 날이 금방 다가왔다.

두 달 전부터 날마다 환율을 비교하면서 조금씩 유로로 바꾸어 나갔다. 유로로 환전한 뒤 환율은 점점 낮아져서 여행 직전에 최저치를 기록했다. 환전을 너무 일찍 해서 조금 손해를 보기는 했지만, 손해를 감당할 만큼 여행을 준비하고 기다리는 행복은 컸다.

9일간의 여행으로 인한 수업 공백을 위해 미리 보강 수업을 하면서 바쁘게 움직였다. 몸은 힘들었지만, 체력은 고갈되지 않고 계속 충전되었다. 여행을 기다리며 채워지는 에너지가 어떤 보약보다도 효과만점이다.

일주일 전부터 대청소를 했다. 집안을 화장실과 다용도실 등 구역별로 꼼꼼하게 쓸고 닦았다. 이틀 전부터는 남자들이 제일 무서워한다는 곰국을 끓여서 냉동실에 보관해두었다. 냉장고 앞에 밥솥 사용법과 음식이 어디 있는지 메모를 해두고 비상식량으로 햇반과 라면을 사두었다.

하루 전에 여행 가방을 꾸렸다. 드디어 2015년 1월 26일 저녁에 인천공항을 향해 움직였고, 자정쯤 비행기는 스페인을 향해 출발했다. 가보지 않은 곳에 대한 설렘이 큰 것처럼, 착륙 직전까지 여행이 주는 가장 큰 선물을 마음껏 풀어보고 즐길 수 있는 시간이었다.

유럽으로의 첫 여행지였던 스페인과 포르투갈은 다양한 예술과 문화가 어우러진 매력적인 나라로 기억된다. 특히 바르셀로나에서 건축가 안토니 가우디의 걸작을 만날 수 있어서 행복했다. 사그라다 파밀리아 대성당의 섬세하고 독특한 건축양식과 구엘공원의 자연과 조화를 이룬 구성은 놀라웠다. 구엘공원의 화려한 채색 타일로 만든 조형물을 상징적으로 표현한 액자를 기념으로 샀다. 포르투갈에서 산 닭 장식은 알록달록한 게 화려했다.

낮과 밤 모두를 아우르는 수많은 명소가 사진에 담겼다.

기념으로 산 액자에는 두 아들과 함께 환하게 웃는 사진을 넣었다. 드나들며 볼 때마다 그곳으로 떠난다.

화려한 귀가

낭송 분위기가 무르익는다. 테이블 위에 꽃과 벽을 따라 걸린 줄에 빨래가 나부끼듯 시와 수필이 걸려 있다. 작은 불빛이 깜박이며 꽃 속에서 빛난다. 벽을 환하게 밝힌 노랗고 붉은 커다란 종이꽃은 청도축제에서 가져온 선물이다.

아름다운 해변도시 청도에서 맥주축제가 열린다. 며칠 전부터 칭다오 맥주를 실컷 마시고 즐길 생각에 흥분되었다. 예총 벤치마킹으로 출발한 2박 3일 일정이지만, 새벽에 가고 밤에 도착하기에 빡빡한 일정이었다. 스무 명 남짓 회원이 새벽 일찍 만났다. 이번 여행에는 가족을 동반한 회원이 많았다. 나는 큰아들과 함께 갔다.

아침에 도착하자마자 맥주박물관으로 향했다. 청도는 예전에 독일과 일본의 지배를 받았던 아픈 역사를 지닌 곳이라고 한다. 그래서 구시가지에서는 유럽풍 건물을 많이 볼 수 있다. 맥주박물관도 유럽풍 건축물로, 여기가 중국인지 구별하기가 어렵다. 2001년 맥주박물관을 개관했는데, 1903년 독일인이 맥주공장을 지을 때 설비된 그대로 있다. 독일은 청도를 40년 지배하면서 맥주 제조 기술을 흔적으로 남긴 셈이다.

맥주박물관 앞에는 줄을 서서 기다리는 사람들이 많았다. 외관부터 규모가 커보였는데, 안에는 세 구역으로 공간이 구분된 곳으로 관광명소로 손꼽힐 만하다. 이곳에서는 우리에게도 친숙한 '칭다오 맥주'의 양조 기술과 맥주 산업 발전 등에 관한 전시를 하고 있다. 유리 벽 너머로 맥주공장도 볼 수 있었는데, 마지막 맥주를 마실 수 있는 시음 장소가 가장 마음에 들었다. 평소 칭다오 맥주 맛을 좋아하는데 현지에서 맛보는 원액에 대한 기대가 컸다. 생맥주는 흑맥주와 비슷했는데 원액은 내 입맛에 맞아 맛있었다. 맥주를 못 마시는 지인의 몫까지 단숨에 마셨다. 아침부터 이렇게 취기가 오르도록 술을 마시기는 처음이다. 오늘 할 일은 다 했다.

　드디어 여행의 목적지인 청도 맥주축제장에 도착했다. 이 축제는 세계적으로 유명한 독일의 '옥토버페스트'와 비슷하지만, 더 크고 중국풍의 화려함과 열정이 녹아 있다. 아시아 최대의 맥주축제이자 세계 4대 맥주축제로 약 30개국에서 200여 브랜드의 1,300종류의 맥주를 맛볼 수 있다. 1991년부터 시작된 축제는 올해로 34주년을 맞이하는 전통 깊은 행사다. 세계 각국의 맥주를 맛볼 수 있고, 라이브 음악, DJ 파티, 전통춤과 같은 문화 공연뿐만 아니라 맥주를 주제로 한 다양한 게임과 경연대회도 열린다고 한다.

　올해는 서해안 신구 금사탄맥주성에 조성된 특별한 공간

에서 축제가 열렸다. 축제를 제대로 즐기려면 밤에 와야 하는데 일정이 여의치 않았다. 오후에 방문한 축제장은 쏟아지는 태양열과 지열로 한 발짝도 걷기가 힘들다. 축제장 규모는 차를 타고 이동해야 할 정도로 넓었다. 한낮이라 걷기도 힘들거니와 규모도 커서 축제장에 있는 6인승 카트를 이용했다. 곳곳에 설치된 조형물 크기 또한 상상을 초월한다. 축제장 곳곳에 대형 무대도 설치돼 있었다. 공장처럼 지어진 세계맥주 브랜드관의 규모부터 남달랐다. 맥주 한 잔 마시지 못하고 지나칠 때는 아쉬웠다.

화려한 꽃장식으로 꾸며진 터널 앞에서 오랜 시간 머물렀다. 파스텔 색조의 아름다운 꽃은 한 송이가 갓난아기 크기 정도 되었다. 꽃에 두른 불빛이 반짝이니 더욱 빛났다. 거기에서 예총 회장님은 아이디어가 떠올랐는지 직원들과 의견을 나눈다. 나도 그 조형물을 보면서 좋은 생각이 퍼뜩 났다.

청도에서 오자마자 만든 종이꽃이 드디어 빛나는 밤이다. 여행 후 달고 온 꽃이 낭송의 밤을 화려하게 수놓는다.

제4부
파장

미루지 않는 선물

일찍 집으로 갔다. 피곤해서 그런지 걸음이 무거웠다. 현관 앞에 작은 상자가 놓여 있었다. 물건을 시키는 일이 많아서 으레 주문했던 것이려니 생각했다. 밀쳐두고 누웠다가 열어 보았다. 빨갛고 작은 애기 사과가 들어 있었다. 내가 주문한 것이 아니었다. 보낸 이의 주소가 경북으로 이름도 모르는 사람이라 전화를 걸었다. 전화를 끊고 '사과'를 보낸 진짜 주인에게 다시 전화해 고마움을 전했다.

얼마 전 활동하고 있는 단체에서 출판기념회 겸 낭송회가 있었다. 어느새 서른 번째 책이 나왔다. 행사가 시작되기 전 책을 받고 목차를 훑어보았다. 그런데 이게 어찌 된 일인가? 아무리 찾아봐도 내 이름이 없었다. 오랫동안 함께한 편집인에게 투정부리듯 말했다. '미안하다'는 말 뒤에 과거 집행부로 있을 때 나의 실수를 언급했다. 덧붙인 말에 마음이 언짢았다. 자리로 돌아와서도 그 생각뿐이었다. 원고 마감을 넘겨서 한 편을 내더라도 책에 글이 실리지 않는 것은 아쉬움이 컸다. 더구나 '30집'이라는 특별한 의미가 달린 책이 아니던가? 표정을 감춘 속내는 시끄러웠다. 나도 그런 실수를 한 적이 있으므로 충분히 이해도 됐다. 그리고 이번 편집을 본 언니는 수집된 원고를 이어받았기에 엄밀히 보면 당사자의 실수도 아니다.

행사가 끝난 후 '미안하다'라고 말한 언니에게 '이번 일에 지난 일의 실수를 얘기한 부분이 속상했다'고 말했다. 내 감정을 정확히 표현했고, 그 부분에 대해 사과를 했기에 앙금 없이 풀었다. 그런데 그 언니가 진심어린 말과 함께 앙증맞은 사과를 보내온 것이다. 세상에서 가장 하기 힘든 '미안하다'라는 말도 그 자리에서 선뜻해주고 빠른 행동으로 보여준 모습이 고마웠다. 지금까지 나는 표현하는 게 서툴러서 마음속에만 두고 하지 않은 말이 많았다. '싫다'는 감정을 표현하기까지도 많은 용기가 필요했다. 상자에 담긴 빨간 사과에 온기가 전해지면서도 부끄러운 생각이 들었다.

히브리어로 '하카랏 하토브ha-karat ha-tov'는 다른 사람이 당신에게 행한 선한 행동을 알아보는 것을 말한다. 택시를 타고 목적지까지 안전하게 왔을 때 고마워하거나 사소한 것에서 낯선 사람들에게 고마움을 느꼈을 때 그 마음을 전하며 인사하는 것을 말한다. '고맙다' '미안하다'는 말은 그런 일이 생긴 바로 그 시간에 빠르게 해야 하는데 나는 그러질 못했다.

수업 재료를 많이 주문하다보니 택배를 받을 일이 많다. 작년까지만 해도 택배 상자를 무인함이나 경비실에서 무겁게 들고 찾아왔다. 그런데 올해는 무거운 택배 상자가 몇 개씩 현관 앞에 놓여 있다. 기사분이 친절하게 집 앞까지 배달해주고 있다. 고마운 마음만 가지고 있었다. 며칠 전 급한 물건 때문에 전화했을 때는 물류창고에 보관해주서서 찾으러 갔었다. 물건을 찾지 못해 여러 번 통화했을 때도 영상통화까지 시도하며 찾을 수 있었다. 그 일 이후 기사 아저씨께 감사의 마음을 표현해야겠다는 생각을 하던 중에 그녀의 사과 상자를 받게 됐다.

그녀를 보면서 고마움과 미안함을 말로 표현하는 것도 빨라야 하지만, 마음을 전하고 싶은 행동에도 속도가 필요함을 알게 됐다. 낯선 사람들에게 고마움을 느꼈다면, 그 마음을 바로 전해야 하는 것처럼 잘못을 바로 인정하는 용기와 행동도 즉시 해야 한다. 차일피일 미루다보면 말이든 행동이든 기회를 놓치기 쉽다. 언어적 표현과 비언어적 표현을 잘 활용한다면 우리의 삶도 좋은 방향으로 바뀌갈 수 있다.

빨갛게 잘 익은 사과 한 입을 베어문다. 달콤한 과즙이 입안에 가득하다. 지금 당장 사과즙 한 상자 사러 가야겠다. 내일 문밖에 내놓고 택배 아저씨께 마음을 전하리라.

다릿돌

　나의 문학은 시와 음악이 흐르는 설렘으로 시작되었다. 교복 치마 속에 체육복 바지를 입고 친구들과 교정 뒤편에서 말타기 놀이를 즐기던 말괄량이 중학 시절, 가을이면 잠깐 소녀로 돌아가는 때가 있었다.

　그 당시 음성고등학교 문학동아리인 '길문학'은 해마다 가을이면 문화원에서 시화전을 열었다. 내가 고2 때 음성고와 음성여고가 합쳐져 남녀공학이 되기 전까지 음성고는 남자 고등학교였다.

　이성에 눈뜨기 시작하던 사춘기 시절 '길문학' 오빠들의 시화전은 잊지 못할 추억이었다. 고상한 척 시를 음미하거나, 마음에 드는 오빠의 시화 패널 옆에 초콜릿이며 꽃을 붙일 기회였다.

　시화전이 열리는 기간에는 학교가 파하기 무섭게 혼자서는 쑥스러워서 친구와 함께 문화원으로 향했다. 준비한 꽃이나 초콜릿을 붙이고 시를 쓴 오빠의 설명을 들으면서 가슴 두근거리는 시간을 보냈다.

　시화전 마지막 날에는 지금의 '작가와의 만남'처럼 길문학 회원들이 시낭송회를 열었다. 조명이 어둡게 켜진 행사장에서 오빠들은 시를 낭송하고 참여한 사람들과 이야기를 나눴다. 그렇게 이성에 대한 호기심으로 설렘을 느끼면서 '시'를 알게 되었고 그 세상으로 들어가고 싶다는 꿈을 꾸게 되었다.

1986년, 내가 고등학교 2학년 때 지금의 음성중학교 자리에 있던 음성여고가 음성고등학교와 합쳐져 남녀공학이 되었다. 그 바람에 나도 꿈에 그리던 길문학에 들어가 7기 회원이 되었다. 아무것도 모르면서 시를 쓰기 시작했다. 그럴듯한 어휘를 일부러 찾아내서 겉멋이 잔뜩 든 시를 쓰고도 동경하던 세상에 들어가기나 한 것처럼 기쁘고 행복했다.

가을이면 어김없이 행해지던 시화전의 주인공이 되어서 시화 패널을 전시하고 시낭송회를 하면서 문학의 첫걸음을 내디뎠다. 졸업 후 길문학 회원은 '디딤돌'이라는 선배들의 모임에 동참할 수 있었다. 나는 정식 회원으로 활동하기보다는 가끔 선후배가 함께하는 야외 문학 활동을 따라가는 정도였다.

야외로 나가면 선배님들은 즉석에서 주제를 정해주거나 자유롭게 글을 쓰게 한 후 선정된 사람에게 상품을 주기도 했다. 지금 생각해보면 길문학 선배들은 대부분 시를 썼었는데 기인 같은 행동을 하는 분도 몇몇 계셨다. 예술가의 끼가 다분했으며 시화전, 시낭송회, 야외에서의 백일장 등 진취적으로 활동했다. 그러나 그 당시 '길문학'은 학교에서 적극적인 지지를 받았던 동아리는 아니었다. 그래서 선배들의 힘든 시기도 있었고, 해체 위기도 수차례 겪었다.

등단하면서 활동하게 된 시동인회가 벌써 25년째로 접어든다. 동인 회원 중에는 부단한 노력으로 시에서 깊이가 느껴지고 자신만의 시어를 찾고 성장해가는 모습이 눈에 보인다. 그들을 보면서 제자리에 머물러 있는 나를 발견한다. 시를 쓴다는 오만함으로 고뇌 없이 과장된 언어를 사용하고, 해마다 고작 동인지에 낼 시 몇 편을 내는 게 전부다.

시집을 처음 출간하면서 시에 대해 깊은 성찰을 했지만 뚜렷하게 변한 게 없다. 시를 쓰면서 처음 문학의 길로 들어서게 되었지만 지금 나는 수필을 즐겨 쓰는 편이다. 그마저도 삶의 언저리에서 머무는 글이지만 글을 쓰고 있는 자체에 만족한다.

첫사랑의 설렘처럼 길문학과 함께한 시와 음악이 흐르던 시낭송회는 지금도 잊을 수 없는 시간이다. 길문학은 나에게 징검다리다. 새로운 세상을 보게 해준 고마운 만남이다. 그러나 인생이라는 사막에서 문학적 언어를 캐내고 갈고 닦는 것은 내 몫이다. 어릴 때부터 간직해온 그리운 이름 '길문학!' 낮은 목소리로 시를 읊고 마음을 흔들던 그 시절로 단 몇 초라도 돌아갈 수 있다면 얼마나 좋을까?

꼬두람이

어느덧 3월 중순이다. 햇볕은 따스한데 꽃샘추위인지 바람이 차다. 봄꽃이 금방이라도 필 줄 알았는데 더디다. 그러더니 어느 날 갑자기 꽃이 핀 것처럼 노란 개나리꽃이 흐드러지게 피고 하얀 목련, 벚꽃이 활짝 폈다.

봄을 기다리는 설렘으로 한 달에 한번 기다리는 모임이 있다. 27년 전 음성에서 여성백일장 입상자로 구성돼 지속한 모임이다. 20대 후반, 갓난아기를 등에 업고 글공부를 같이하던 문우들은 세월을 함께 겪었다. 자녀의 성장을 함께 지켜보고 응원하기도 하며 희로애락喜怒哀樂의 시간을 공유해왔다.

서로 배려하고 이해하면서 한 달에 한번의 만남이 27년째로 이어졌다. 몇몇 회원이 빠져나가기도 했지만 여전히 현재진행형이다. 지금은 수필가이신 B선생님을 포함해 열한 명의 고정 회원이 서로의 삶을 위로하고 격려하며 만나고 있다.

모임에 참여하는 회원의 연령대도 다양하다. 80대, 70대, 60대, 50대가 세대차도 뛰어넘어 어우러져 있으며, 그중에서 나는 50대로 막내다. 행사 때나 모임 때 어른들을 챙기고 심부름을 도맡아 한다. 가끔은 여기저기서 부르는 '막내'라는 호칭과 심부름에 귀찮을 때도 있다. 하지만 나는 50대 후반이 되어서도 이 모임에서는 막내 자리를 벗어날 수 없다. 모임에 새로운 회원이 들어오지 않을 게 분명한 지금은 평생 막내다.

올해 드디어 나는 막내를 벗어날 수 있는 자리가 생겼다. 고민 끝에 공부를 다시 시작하기로 하고 대학원을 가게 되었다. 같이 공부하는 학생들은 나를 포함해 모두 다섯 명이었다. 일주일에 두 번 수업을 통해 만남을 거듭하면서 나이를 얘기하게 되었는데 20대 후반부터 40대 초반으로 내가 그중에서 제일 많았다.

처음으로 맏이가 된 모임이 생긴 것이다. 늘 막내로 모임을 이끌기보다는 의견을 고분고분 따르고 뒤만 잘 쫓아가면 되었는데, 맏이가 되고 보니 의견 제시를 해야 할 일이 많아졌다. 음료수와 간식을 미리미리 챙겨가고 베푸는 처지가 된 것이다.

친정집에서 나는 맏딸로 부족하지만, 집안의 대소사를 챙기게 된다. 일이 바쁘다는 핑계로 자주 찾아뵙지는 못하지만, 무슨 일이 생기면 엄마는 전화하신다. 그럴 때마다 달려가서 엄마가 부탁하는 일을 해결해드리곤 한다.

맏이 노릇은 생각만큼 쉽지 않으며 책임감만 있을 뿐 실제는 별 도움이 되지 못할 때도 많다. 집 안에서 맏이의 자리는 태어나면서 정해진 것으로 자연스레 내가 할 일을 당연한 것으로 받아들이면서 익숙해졌다. 좋고 나쁨을 떠난 자리였다.

글을 쓰면서 만나게 된 사람들과 이루어진 모임에서 이따금 막내를 벗어나고 싶을 때가 있다. 막내로 대접받고 귀여움받는 줄도 모르면서 '막내야 막내야' 하며 이것저것 시키는 줄 착각하며 살았나보다. 사회에서 맏이로 모임을 끌어가고 분위기를 조성한다는 것도 쉽지만은 않다는 걸 뒤늦게 깨닫는다. 말 한마디라도 함부로 내뱉지 못하고 여러 번 생각 끝에 말하는 무거운 자리가 맏이다.

오랜 글지기로 함께해온 세월만큼 서로의 삶을 이해하고 받아준다. 스무 살 후반부터 만나다보니 주름진 얼굴도 낯설지 않다. 죽을 때까지 막내로 대접받는 모임에서 남은 인생을 함께하며 투정부리는 노년의 내 모습도 두렵지 않다.

그리운 사람들이 '막내야' 하고 부르면 '네' 하고 대답할 수 있는 그 자리가 그렇게 좋은 줄 미처 몰랐다. 실수도 용납되던 그 이름이 정겹게 다가오는 날이다. 오늘 따라 벚꽃 피는 풍경이 마냥 좋다. 맨 끝에 피는 꽃인 듯 꼬두람이도 남부럽지 않다.

잘했어 힘내!

커피 한 모금을 입안에 가두고 향을 느낀다. 지금까지 마셨던 커피와는 다르게 구수함이 감돈다. 아마도 메밀꽃 향이 감도는 커피 맛이 행복한 여행을 불러온 탓일 것이다.

4월 문학기행으로 이효석문학관을 다녀왔다. 가는 동안 그곳과 관련된 퀴즈도 풀고 선물이 오가는 화기애애한 분위기가 이어졌다. 점심은 모두가 만족할 만한 맛과 구성이어서 다행이었다. 게다가 바로 앞에 「메밀꽃 필 무렵」의 허 생원과 성씨 처녀가 만난 물레방앗간이 있는 이효석 문학의 터를 볼 수 있었다. 그 안에는 포토존으로 허 생원과 성씨 처녀의 몸에 얼굴을 내밀고 사진을 찍을 수 있는 그림이 있었다. 나이든 문우 두 분께서 함께 찍는 민망한 표정을 보고 한바탕 웃었다.

봉평면은 가산 이효석 선생의 고향이자 「메밀꽃 필 무렵」의 배경이 된 곳이다. 그래서인지 평창 하면 메밀밭을 떠올리게 된다. 이효석의 대표적인 단편소설 「메밀꽃 필 무렵」은 학창 시절 누구나 읽어봤을 것이다. 뛰어난 구조와 상징 등 단편소설의 요소를 갖춘 작품으로 평가받고 있다. 해설사는 이효석의 삶과 문학을 들려줬고, 36세의 젊은 나이에

결핵성 뇌막염으로 세상을 떠난 죽음을 진심으로 안타까워 했다. 그녀의 이효석에 관한 관심과 애착이 느껴졌다.

예정에 없던 무이예술촌을 들렀다. 폐교를 예술촌으로 만든 곳이다. 교실마다 전시된 작품을 감상하고 다양한 구도와 빛으로 그려진 메밀꽃을 볼 수 있어서 좋았다. 창밖에는 비가 내리고, 카페에서는 따뜻한 차 한 잔과 감자피자를 먹었다. 회원들은 저마다 피자가 맛있다며 만족해했다. 기억에 남는 공간과 시간이 있어서 얼마나 다행인지 모른다.

문학기행을 다녀온 후 가을에 위기가 찾아왔다. 협회 회장을 하면서 가장 힘든 시기였다. 보조사업 시스템이 바뀌면서 서울에 있는 한국문협 본부와의 시행착오를 겪으며 '내가 왜 이 자리에 있을까'라는 의구심이 들었다. 포기하고 싶은 마음이 오락가락 내리는 비처럼 오갔다. 실컷 푸념하고 수다라도 떨면 나아질 것 같았지만 임의로운 사람이 없었다.

30여 년 전 문학이 좋아 글을 쓰다가 회원으로 참여하면서 단체활동을 했다. 사무국장을 한 지도 벌써 십오 년이 지났다. 사무국장을 할 때 초등학교에 다니던 어린 두 아들을 남편에게 맡기고 일주일에 서너 번은 바깥으로 돌았다. 그때 둘째 아들이 했던 말을 아직도 기억한다. 저녁마다 외출해서 자주 못 보는 나에게 '엄마는 내 옆에 없지만 내 가슴에 있어'라고 말했다. 어린 나이에 그런 말을 하는 아들을 보면서 내 마음이 따뜻해졌다.

그때는 행사도 많았고, 사무국장으로서 책임을 다하기 위해 모든 행정 절차를 스스로 했다. 경험만큼 값진 것이 없다는 걸 새삼 느낀다. 사무국장을 하면서 발로 뛰고 사업을 했던 경험이 회장으로서 전체를 보고 추진하는 원동력이 되었다. 코로나가 풀리면서 그동안 주춤했던 사업이 재개되었다. 정신없이 바빴지만 올해는 더 성장하는 문학단체가 되었다. 대내외적인 일을 하면서 모질지 못한 성품이 단체장으로서 좋은 것만은 아니었다.

한국문인협회에서 전국 180여 지부 중에서 2개 지부에 수여하는 우수지부로 음성 문인협회가 선정되었다. 가을빛이 꽃길처럼 열린 길을 따라 상을 타러 서울로 간다. 교통체증도 즐길 만큼 여유가 생겼다. 누구라도 붙잡고 하소연하면서 주저앉고 싶을 때 '조금만 더 힘내'라고 가슴에 상을 안겨주신다. 지역 문인협회의 어려움과 수고로움을 잊지 않고 '우수지부'로 인정해주심에 감사하다. 개인적인 기쁨은 말할 것도 없고 단체로서도 영광이다. 전국대표자 회의에서 우수사례 발표도 하게 되니 더 뜻깊다.

이제 남은 일 년여를 잘 버티고 힘내리라. 오늘의 수상은 나를 지탱하는 끈이 되었다. 내가 준비해간 파스텔 색조의 꽃다발이 푸른 가을 하늘과 잘 어울린다. 내가 나에게 꽃을 선물하는 기분이 정말 좋다. 가만히 어깨를 두드린다.

지금, 바로 내 앞에

단상 위에 서고 보니 만감이 교차한다. 준비한 인사말을 천천히 읽으면서 마음을 진정시킨다. 그제야 한 분 한 분의 얼굴이 보인다. 그 어느 때보다도 소중한 사람들이다.

문인협회로서는 가장 큰 축제인 '충북 문학인대회'를 음성에서 치르게 됐다. 결정장애가 있는 성격 탓에 난감한 일이 하루에도 몇 번씩 생겼다. 준비 과정에서도 수많은 선택을 했지만, 빠른 판단을 요구하는 일이 잦아지면서 난관에 부딪혔다. 현수막, 광고지, 책 표지 디자인까지 속성으로 결정하고 한숨 돌릴 틈 없이 행사를 치렀다. 지금까지 살면서 해왔던 것보다 더 많은 결정과 판단을 해야만 했다.

지난 주 대학원 수업에서 리더십에 관한 부분을 발표하면서 '나는 과연 어떤 리더인가'라는 물음이 뇌리에서 떠나질 않았다. 유능한 지도자가 되기 위한 몇 가지 원칙 중 지금 내게 가장 필요한 것은 '성숙한 판단력으로 의사결정을 한다'였다. 옳고 그른 판단에 대해 단체장으로서의 책임감에 무게가 실린다. 끝날 때마다 잘못된 판단에 따른 미흡함이 더욱 또렷하게 보였다. 지나친 배려로 거절하지 못하는 습성이 단체의 명성에 누를 끼치지 않을까 걱정스러웠다.

잘한 것보다는 잘못한 부분에 대한 자책과 반성으로 우울했다.

이미 지나간 일인데 자꾸 되돌아보는 어리석음을 반복하다보니 톨스토이의 세 가지 질문이 떠올랐다. 그 질문은 누구나 궁금해하는 보편적인 물음이다. 삶의 지혜를 찾기 위해 현자를 찾아간 왕이 해답을 찾는 이야기다. '가장 중요한 때는 언제인가, 가장 중요한 사람은 누구인가, 가장 중요한 일은 무엇인가'라는 질문이다. 가장 중요한 때는 '지금, 이 순간'이며, 가장 중요한 사람은 '지금 만나고 있는 사람', 마지막 중요한 일은 '현재 하는 일'이다. 좋은 일이든 나쁜 일이든 상관없이 현재 직면한 상황을 얼마나 정확히 꿰뚫고 헤쳐나가는지에 따라서 일의 성패가 좌우될 수 있다.

톨스토이의 질문을 통해 고민을 덜어낸다. 인연이란 하루아침에 이루어지는 것이 아니다. 과거를 후회하거나 미래를 불안해하기보다는 지금 함께하는 사람과 벌어지고 있는 일에 최선을 다하는 게 중요하다.

시작부터 끝날 때까지 사람에 관한 생각을 이렇게 많이 해본 적이 있었나 싶다. 나를 둘러싼 사람이 힘이 됐다. 사람 '인人'의 한자처럼 서로 기대어 살고 있음을 절감한 시간이다. 혼자서는 할 수 없는 일도 여럿이 모여서 힘을 보태니 우렁각시가 다녀간 듯 일이 성사됐다. 친하다고 여겼던 사람의 태도와 생각지도 못했던 이의 적극적인 지원을 보면서 불투명한 내일까지 짚어보는 계기가 되었다.

모든 것에 담대해지고 감사하는 마음이 생겼다. 문학 스승님은 걱정을 쏟아낼 때마다 응원해주고 조심스레 도움을 주셨다. 평소 내 편이 되어주는 언니의 탁월한 혜안으로 많은 것을 배우고, 오랜 문학 소모임 회원들의 빠짐없는 참석에 고마울 따름이다. 끝나고 나니 스승께서 큰 공부가 되었을 거라며 문자를 보내셨다. 그렇게 성장하라는 위로의 말씀이셨다. 마음을 누르고 말과 행동을 아끼리라. 봉사하는 자리에 있으면서 대우받으려고 했던 행동이 부끄러웠다. 그저 고마운 이들을 잊지 않는 리더로 성장하리라는 다짐도 했다.

단체장 취임을 하는 날, 외진 곳인데도 원로 문우님들이 많이 참석해주셨다. 등단은 시로 했지만, 수필을 쓰기까지 큰 힘이 되어주신 B선생님, 특히 생각지도 못했던 Y선생님의 참석은 놀라웠다. 그날 저녁은 바람도 불고 상당히 추웠다. 행사장을 잘못 알고 다른 곳으로 가셨다가 직원이 모셔와서 행사가 끝나갈 무렵에야 도착하셨다. 음성 문학 소모임을 함께했던 첫 문우의 정을 잊지 않고 오롯이 간직해온 마음이 고스란히 전해졌다. 평소에 잘 챙겨드리지도 못하고 예의를 갖춘 인사만 드렸는데 부끄러웠다.

사람을 만날 때 흔히 '인연'이라는 말을 쓴다. 불가에서 유래한 말로, 인因은 원인을 말하며, 연緣은 원인에 따라가는 것이다. 즉 인이 내가 뿌린 씨앗이라면 연은 밭이라고 할 수 있다. 말하자면 인과 연은 서로 떼려야 뗄 수 없다. 그날 참석해주신 분들을 보면서 새삼 '인연'의 깊이에 생각이 닿았다. 피천득의 글 중에 "어리석은 사람은 인연을 만나도 몰라보고, 보통 사람은 인연인 줄 알면서도 놓치고, 현명한 사람은 옷깃만 스쳐도 인연을 살려낸다"라는 문장이 있다.

큰일을 여러 번 치르면서 사람의 인연을 짚어본다. 코로나 시기에 일상이 무너지고 나서야 단조롭던 일상이 얼마나 소중한지를 간절히 깨우쳤다. 나와 함께하는 이들을 보면서, 인연은 그냥 만들어진 것이 아니고 내가 뿌린 씨앗이었다. 바이러스의 두려움도 떨치고 추운 날 찾아와주신 선한 얼굴도 기억할 것이며, 앞으로 함께하게 될 사람도 허투루 대하지 않으리.

파장

'아침에 나갈 때는 발자국이 얕게 파이고 귀가할 때는 발자국이 무겁게 파인다'라는 말이 있다. 하루 일을 끝내고 집에 들어올 때마다 피곤했다. 오늘은 늦은 밤인데도 기분 좋게 귀가한다. 문우들과 함께 본 영화는 통쾌했다. 올해 여성 소모임 사업으로 '페미니즘 관련 영화 보기'를 다섯 명이 함께했다. 한 달에 한번 관람할 예정이었는데 코로나로 인해 이번 달에 두 편을 보게 됐다.

지난 번에는 장애인과 가출 청소년의 우정을 다룬 〈돌멩이〉를 봤다. 여덟 살 지능에 몸만 어른인 주인공 석구는 지적장애가 있지만, 큰 문제없이 마을 사람들과도 잘 지내고 착하게 살아왔다. 우연히 가출 소녀 은지를 만나면서 우정을 나누고 친구가 되지만 예기치 못한 사건으로 고립된다.

석구가 옷을 벗기는 장면은 그 사건의 진실을 관객이 인지할 정도로 설정되었다. 아무리 봐도 의도적인 장면으로 보였다. 그러나 그 장면을 목격한 쉼터 선생님의 믿음은 확고했다. 단편적인 사실만으로도 석구는 아동 성추행범이 된다. 그 믿음의 일면에는 '아닐 수도 있다'는 눈빛을 내비치기도 했지만, 세상의 편견과 불신은 깊었다. 한편으로는 쉼터 선생님이 자신의 잘못을 인정하고 싶지 않았을지도 모른다는 생각이 들었다. 지금까지 석구가 오랫동안 맺어왔던 친구 관계도 깨졌다. 게다가 마을 사람들까지 등을 돌리면서 그의 세계가 무너지고 자신도 좌절한다.

석구가 물수제비를 뜨며 저수지로 한 걸음 한 걸음 걸어가던 마지막 장면은 지금도 잊히지 않는다. 몸을 반쯤 기울여 날렵하게 던진 돌멩이가 파문을 일으키는 장면을 숨죽여봤다. 아무도 없는 곳의 적막함을 흔드는 물결이 점점 더 커져 나가는 모습은 불이 켜진 후에도 사라지지 않았다

이 영화의 매개체로 보이는 '돌멩이'는 여러 곳에 등장한다. 아빠가 줬다는 돌멩이에 석구 이름을 써서 선물로 준 은지의 마음을 전하는 도구가 되기도 하고, 당돌한 은지의 등장으로 석구의 일상에 파문을 일으키기도 한다. 보는 내내 가슴이 답답하고 먹먹했다. 사람들의 편견과 오해 속에서 굳게 닫힌 친구의 가게에 석구가 던진 돌멩이는 어떤 의미였을까? 관객으로서는 숨어 있는 진실이 빤히 보이는데 드러나지 않고 영화는 끝났다.

그가 만약 평범한 일반인이었다면 어땠을까? 자신을 위한 변명의 기회도 없이 한순간에 범죄자로 몰리고, 인생의 벼랑 끝으로 내몰리는 일은 없었을 것이다. 편견과 오해, 차별이 난무한 사회에서 각자가 믿는 신념이나 가치가 정말 진실인지도 되묻고 싶었다. 그러나 나 또한 마을 사람들과

다른 시선으로 석구를 대하지는 않았을 것 같다. 대놓고 돌을 던지지 않았을 뿐 마음속에 범죄자로 낙인찍어두고 가두었을 것이다. 누구나 쉽게 돌을 던지고 나도 누군가의 돌을 맞을 수 있다는 사실을 잊고 사는지도 모르겠다. 영화가 끝나고도 가슴에 묵직한 돌멩이가 얹혀 있는 듯 쉽게 자리에서 일어설 수 없었다.

두 번째 영화는 코로나 위기 중에서 많은 인기를 끌고, 상영 기간도 길었다. 지금까지 페미니즘 관련 영화는 기간도 짧았고, 상영관도 찾기 어려울 뿐만 아니라 주말에는 거의 편성되어 있지 않았다. 이번 〈삼진그룹 영어토익반〉은 의외로 대중의 관심과 사랑을 받았다. 1990년대를 배경으로 실화에 기반에서 만들어진 영화다. 그 당시 일하는 여성에 대한 사회적 인식과 고등학교 졸업자에 대한 직장 내 차별을 실감나게 그려내고 있다. 내가 거쳐온 과정이기에 감정이입이 더욱 격해졌고, 영화에 대한 몰입도 역시 높았다. 차별을 차별인지 모르고 지나온 시간과 여성의 사회적 진출에 대한 목소리를 내면서 인식하게 된 차별에 대해 생각해봤다.

거대한 공룡으로 비치는 기업의 부조리에 맞서 싸운 세 명의 여성들과 개미군단의 반격으로 반전을 끌어낸 영화는 흥미진진했다. 〈돌멩이〉를 봤을 때는 무거웠던 마음이 한결 가벼워졌다. 두 영화는 분위기와 내용이 다른 이야기이지만 '페미니즘적 요소'가 있다는 점에서 일맥상통했다.

아직도 석구가 저수지에 돌을 던져 만들던 물수제비가 눈앞에 아른거린다. '모든 인간은 행복할 권리가 있다'는 신리가 공기처럼 우리 곁에 존재하리라는 믿음으로 내 가슴에 작은 돌 하나 품어본다.

깊이를 재다

가슴에 와닿는 언어를 발견했을 때의 느낌을 아는가? 눈으로 읽다가 도저히 그냥 지나칠 수 없어서 형광펜으로 긋고, 마음에 드는 문장을 노트에 기록한다. 나이가 들면서 감정선이 유리알처럼 투명해졌다. 겪은 일이 많아서 불에 달군 쇠처럼 단단해져야 하는데 정반대다. 작년 겨울 친구의 죽음은 슬픔의 늪이었다. 오랫동안 가슴앓이를 하면서 마음의 창이 얇아졌다. 감정의 기복이 생기기도 하고, 감정을 조절하지 못해서 낭패를 보기도 했다.

모처럼 방학을 맞아 책을 읽기 시작했다. 페미니즘 책을 읽다가 지루한 분위기를 빠져나와 B선생님의 수필선집『빛나지 않는 빛』을 읽었다. 오롯이 한 편 한 편의 글에 집중해서 읽었다. 전에는 보이지 않던 필자의 시간이 켜켜이 박혀 있는 문장이 지면을 빠져나왔다. 같은 책이라도 읽는 시점에 따라 다른 느낌으로 와닿는다더니 정말 그랬다. 지금까지 받았던 책을 한 권씩 다시 읽었다. 수필을 배우러 외지에서 찾아오고, 음성에서 '수필의 대모'로 불리며 문학비까지 세워질 정도의 위상이 지나침이 없다는 생각이 든다.

일상의 궤적을 담담히 써내려간 문장에서 화수분처럼 끝

없이 나오는 지혜에 감탄하고 감탄할 뿐이다. 아마도 나의 감성과 잘 맞아떨어져서 그러했으리라. 사물을 바라볼 때 따뜻함이 묻어나는 글을 좋아하고 내가 쓰고 싶은 글이다. 아름다운 언어를 구사하며 삶의 갈피, 갈피에서 진실을 마주하는 선생님의 글에 매료되었다. 단순히 미사여구에 그치지 않는 힘이 느껴졌다. 글에서 삶의 혜안으로 가르침을 주는 스승의 필력이 이제서야 보이다니 무지한 글쟁이로 취미랍시고 자랑삼아 내보였다는 부끄러움이 앞섰다. 이십여 년 함께 보면서도 미처 깨닫지 못한 수필의 거목을 또 한번 우러른다.

일상을 매섭게, 그러나 부드럽게 바라보는 남다른 시선과 감성의 언어는 함부로 흉내낼 수 없는 온전히 필자의 것이었다. 깨달음의 경지에 들어선 도인을 만난 듯 경이로운 문장을 만날 때는 나도 모르게 전율이 온다. 그릇에 차고 넘치는 욕심을 덜어내거나 애면글면 미운 이를 떨쳐내는 방편으로 읽기도 한다. 읽으면 읽을수록 고뇌가 깊다. 그지없이 펼쳐진 지식의 세계에 빠져 이것저것 탐할 요량으로 마음만 바쁘다.

몇 년 전, 시골집을 처분하면서 시어머니께서 남긴 간장을 막내 시누이가 챙겼다. 오십 년 넘는 세월이 항아리에 담겨 검은 빛으로 진해진 간장 일부를 내게도 줬다. 무심히 받아서 싱크대 깊숙이 넣어두었다. 어느 날 책을 읽다가 문득 생각났다. 뚜껑을 열어 손가락 끝에 찍어 맛을 본다. 소금 결정이 생긴 시커먼 간장 맛은 진하고 씁쓰름했다. 예로부터 오래 묵은 간장은 약에 해당된다고 했다. 시간의 깊이를 더한 간장처럼 약이 되는 글을 쓰고 싶다.

많이 읽고 많이 써야 한다는 기본을 무시해왔다. B선생님의 글에서 가장 감동적이었던 것은 주변을 바라보는 따뜻한 시선이다. 글을 읽노라면 지금까지 곁을 주지 않고 앞만 보고 살아온 것이 잘한 것만은 아니라는 뉘우침으로 이어졌다. 지천명을 넘어서 뒤돌아보니 낯이 뜨겁다.

책장 앞에서 그동안 선생님이 출간한 책을 살펴본다. 새삼스럽게 보니 저서마다 인생을 함축적으로 담아낸 호소력 짙은 언어가 박혀 있다. 선생님은 항아리 가득 차고 넘치는 간장을 오래 묵혀두고 꺼내 쓰는가보다. 그렇지 않고서야 그동안 쌓은 내공이 그처럼 자연스럽게 표출되기는 어렵다. 닮고 싶은 마음은 간절하지만, 문장의 깊이를 어찌 따라갈 수 있을까?

노을빛 그녀

올해 두 번째로 여성 어르신들을 대상으로 '젠더 회고록'을 쓰게 되면서 난관에 부딪혔다. 1940년대에 태어나 어려운 시절을 겪은 여성의 삶은 녹록지 않았다. 여성 스스로가 가둔 사회의 벽이 얼마나 두꺼운지 절감했다. 팔순이 넘어서 누가 봐도 남부럽지 않은 생활을 하고 계시지만, 자신이 살아온 삶도 함부로 말하지 않는다. '아낌없이 주는 나무'와 같은 삶을 살았는데도, 한 게 없다고 남편과 자식 눈치를 보며 완강히 거절한다.

작년에 만났던 그녀의 당당함이 생각난다. 처음에는 망설이더니 자신의 이야기를 거침없이 들려주었다. 여든 살의 그녀는 곱게 화장하고 예쁜 옷으로 갈아입은 모습으로 마주했다. 정돈된 방안과 벽에 걸린 사진, 그리고 꽃다발이 눈에 띈다. '할 얘기 별로 없다'라며 손사래치고 머뭇거리더니 말문이 트이자 신이 나서 어린 시절로 돌아간다.

음성예총에서 '젠더 회고록 쓰기' 사업을 추진하면서 구술작가로 참여하게 됐다. 어르신들을 뵈러 경로당에 가기 전까지만 해도 대상자를 쉽게 찾을 수 있을 줄 알았다. 마을을 잘 아는 회원분과 함께 방문해서 취지를 말씀드렸다. 참여할 분은 작가와 일 대 일로 연결해드린다고 했더니 약속이나 한 듯 묵묵부답이다. 분위기가 가라앉았다. 달변가인 예총회장도 속수무책이었다. 묵직한 문이 소리없이 닫히는 느낌이다.

우여곡절 끝에 70세 이상 되신 어르신 열 명을 대상으로 한 명씩 구술작가로 연결하여 각자가 글을 쓰게 되었다. 나는 소이면에 계시는 어르신의 집으로 찾아갔다. 슬레이트 지붕에, 천장이 낮은 낡은 집이었지만 들어가보니 깨끗했다. 소박한 살림살이는 윤기가 흘렀다. 주인의 깔끔한 성격을 엿볼 수 있었다.

세 시간 가까이 어릴 적 홀아버지 밑에서 집안 살림으로 고생했던 얘기며, 친구들과 청춘을 보내기까지 쉼 없이 이어졌다. 점심때가 되어 서둘러 자리를 뜨려고 하니 아욱국이 맛있다며 밥상을 차려주신다. 열한 살부터 집안의 맏딸로 살림을 살아낸 내공이 보인다. '여자는 이래야 해'라는 사회적 성 역할이 팽배하던 시절의 그녀는 어렸지만, 집안일은 당연히 그녀의 몫이라고 생각하고 살았다.

시간을 거슬러가는 그녀의 기억은 너무나 또렷했다. 꼿꼿하게 앉아서 이야기하는 동안 치매를 앓고 있는 친정엄마가 자꾸만 겹쳐 보였다. 친정엄마는 몇 년 전 인공관절 수술 후 관리를 제대로 못해서 바닥에 앉지도 못하시고, 치아도 몇 개 남아 있지 않다. 더군다나 기억은 점점 더 희미해지고 있어서 늘 불안하다. 그녀가 팔십 평생 살아온 이야기를 들으며 친정엄마의 어린 시절과 처녀 때 모습도 궁금했다.

친정엄마는 서른 중반에 홀로 되어 가정의 생계를 책임지고 살았다. '누구 엄마'로 칠십 평생을 살다가 몸과 마음에 병이 들고 나서 이름으로 불린다. 주간보호센터에서 부르는 이름 석 자와 병원에서 환자인 엄마의 이름을 들을 때마다 가슴이 아프다.

여성이 살기 힘들었던 시대의 어르신을 만나 이야기를 듣고 한 편씩 글을 묶어 책을 발간했다. 힘든 시절을 겪었지만, 지금은 그녀의 이름으로 불리며 자신이 좋아하는 노래도 배우러 다니고, 무대에 서는 기쁨과 행복을 누리고 있다. 출판식에 초대해 책 한 권을 건네니 그녀가 환하게 웃는다. 과정이 순탄치는 않았으나 구술작가로 참여한 것은 잘한 일이다.

다행히 지인의 설득으로 올해도 대상자를 만났다. 어려운 시절, 남편과 자식을 위해 한평생 살아오신 분이다. 남편과 자식이 그녀가 하는 일을 막지 않으니 고마운 일이다. 이제 겨우 첫발을 내디뎠으니 그녀가 들려주는 이야기를 귀담아듣고 제대로 표현할 일만 남았다.

모두가 인생의 황혼이 아름답기를 바라지만 쉽지는 않다. 서산마루에 걸린 붉은 노을 속에 처음 만났던 그녀가 보인다. 황홀하게 타들어가는 빛이 그녀를 닮았다. 그녀도 그 시절 여성의 삶을 고스란히 겪었지만, 이제는 자신의 존재 가치를 알고 온전한 자신의 이름으로 살고 있으니 얼마나 다행인가? 친정엄마의 황혼은 흔들리듯 위태롭다. 희미한 노을빛에 엄마 이름 석 자를 그려본다. 단단하게 보듬고 딸의 가슴에 새긴다.

곳간

어두컴컴한 창고 문을 열어두고 희미한 빛에 의존해 물건을 찾기 시작한다. 발 디딜 틈도 없이 뒤얽혀 있는 창고에서 원하는 물건을 찾기가 쉽지 않다. 쓰레기더미를 방불케 하는 창고에서 틈을 비집으며 물건을 찾는다. 마음이 급하다 보니 움직일 때마다 물건이 선반에서 떨어진다. 끝내 원하는 물건을 찾지 못하고 돌아선다. 매번 남편이 정리 좀 하라고 잔소리지만 차일피일 미루고 있다.

오늘은 J군에서 열리는 '아고라 북BOOK페스티벌'에 참여했다. '아고라'는 고대 그리스의 도시국가인 폴리스polis에 형성된 광장이다. 이곳에서 민회民會와 재판, 상업, 사교 등의 다양한 활동으로 시민들의 일상생활 중심이 되면서 '사람이 모이는 곳'이나 '사람들의 모임' 자체를 뜻하게 되었다고 한다.

군립도서관 주변으로 열리는 '아고라 북BOOK페스티벌'은 책을 중심으로 다양한 체험과 공연도 즐기고 콘서트처럼 작가와 만나는 시간을 가졌다. 책에 대한 딱딱한 이미지와 거부감을 줄이고 놀이처럼 쉽게 접할 수 있는 프로그램이었다. 어린 자녀를 동반한 젊은 부부가 대부분이었지만 어르신들을 위한 이색 체험도 있었다. 누구나 함께할 수 있도록 옥상 작은 음악회, 영화 상영, 아나바다 장터 등 다양한 프로그램이 있었다. 무생물인 책을 중심으로 문화적인 요소를 가미해서 거리낌 없이 참여하여 즐기는 축제의 장이 되었다.

도서관 1층은 쉼터 같은 느낌을 주었다. 긴 탁자에는 갖가지 꽃차가 투명한 유리병 안에서 빛깔 곱게 우러나고 있었고, 사람들이 자유롭게 앉아서 도란도란 얘기를 나누고 있었다. 마차 모양의 북BOOK 트럭에는 책이 꽂혀 있었다. 아이들이 그 안에 자유롭게 앉아서 책을 읽고 있었다. 책은 책꽂이에 꽂혀 있어야 한다는 고정된 틀을 깨뜨리는 신선함이었다.

내가 자랄 때만 해도 도서관에서는 조용히해야 한다는 압박감에 숨소리조차 크게 내지 못하고 발뒤꿈치를 들고 다녔다. 이제는 많은 도서관이 시대의 흐름을 타고 문화공간으로 바뀌었다. 이전과는 달리 남녀노소 누구나 사랑방처럼 가벼운 마음으로 찾을 수 있는 공간이 되었다. 우리 지역만 해도 온돌로 된 영유아 방이 있어서 엄마가 아이에게 소리내어 책을 읽어주기도 한다. 푹신한 소파도 있어서 편한 자세로 책을 읽을 수도 있다.

여유있게 책을 읽은 지 오래됐다. 책을 읽어서 지식창고를 많이 채워야 좋은 글을 쓸 텐데 그러지 못했다. 내 곳간이 텅 비었다. 곳간은 한자어 고간庫間에서 온 말이며, 고庫

는 창고를 뜻한다. 옛날 중국에서는 창씨創氏와 고씨庫氏가 대대로 곳집 지키는 일을 맡았다. 그래서 아예 물건 쌓아두는 장소를 두 사람의 성을 따서 창고倉庫라 부르게 되었다. 그리고 두 성씨가 창고지기 역할을 도맡아 했다. 그것에 빗대 영원히 변하지 않는 것을 이르는 창씨고씨創氏庫氏라고 하는 말도 생겨났다고 한다.

곳간을 채우지 못한 아쉬움과 심란한 마음을 달랠 겸 미뤄뒀던 창고를 정리했다. 힘들게 정리하다보니 마음도 평온해졌다. 찾던 물건이 눈앞에 보인다. 도서관 선반에는 아무 때나 쉽게 꺼낼 수 있도록 수많은 책이 항목별로 정리가 잘 되어 있다. 마음만 먹으면 그 책을 내 지식창고로 옮길 수 있다. 차고 넘치지만 내 곳간으로 옮기지 못한 수많은 책이 보인다.

서점에 들렀다. 주문한 지 몇 달이 지났지만, 책을 가지러 가지 못해서 주인에게도 미안했다. 덤으로 묵묵히 내면을 채워나갈 책을 고른다. 누구나 저마다의 가치를 두고 곳간을 채워간다. 그것이 물질이든 정신이든 나름대로 가치를 담고 있다. 마음 깊숙이 곳간을 새로 짓는다. 이제라도 책으로 채워볼 요량이다. 변수가 많은 삶을 지탱할 수 있는 창씨고씨創氏庫氏가 되어줄 곳간이면 족하다. 아고라 광장에 채워질 나만의 곳간을 짓는다.

꽃무리

하얀 색 울타리에 넝쿨로 뻗어간 붉은 장미꽃이 선명하다. 잠시 걸음을 멈추고 그 앞에 선다. 꽃잎 하나하나가 모여 탐스러운 꽃 한 송이가 되고 초록의 잎사귀가 어울려 피어 있다. 저 혼자 잘났다고 핀 것이 아닐게다.

아파트 주변 도로가 통제되었다. 마을 하나를 새로 짓는 것처럼 곳곳에 천막이 쳐져 있다. 사는 집에서 내려다봐도 훤히 보이는 축제장이다. 공사감독관처럼 매일 매일 준비 과정을 지켜본다. 여러 사람이 모이면 못할 것이 없다더니 자고 나면 도깨비방망이를 두드린 것처럼 변하는 모습이 신기했다. 남다른 애정을 가진 품바축제가 시작되었다.

벌써 25년 전 일이다. 기독교 신자는 아니지만, 성경의 한 구절인 '시작은 미약하나 끝은 창대하리라'라는 말이 불현듯 떠오른다. 예산이 없어서 예총 회원들이 총동원되었다. 낮에는 생활전선에서 열심히 일하고 밤에는 협회별로 바빴다. 어느 협회는 난타를 얼마나 열심히 연습했는지 공연할 때 관객들의 박수가 끊이지 않았다.

내가 속해 있는 문인협회 회원들은 축제를 앞두고 저녁마다 예총에 모여 품바 옷을 만들었다. 얼굴에 분장하고 누더기를 입고 무대에 올랐다. 네 살배기 큰아들과 함께 찌그러진 깡통을 옆에 차고 나갔다. 창피한 줄 모르고 당당하게 걷고 무대 위에서 마음껏 끼를 발산했다. 품바 패션쇼 무대에 올라서 한 편의 단막극처럼 연기를 보여주기도 하고 신명나게 놀았다. 그때는 '거지축제'라고 불리며 품바축제가 시작된 배경에는 아무 관심이 없었다. 그런 사람들을 만나면 내 일처럼 해명하듯 의미에 대해 열변을 토했다.

자신도 굶주리면서 얻어온 음식을 나누어주고 사랑과 봉사를 몸소 행한 고故 최귀동 할아버지의 숭고한 정신이 품바축제에 담겼다. '거지축제'라는 오명을 벗고 사랑과 나눔의 축제로 사람들에게 인식되기까지 다양한 노력이 있었다. 독거노인과 노숙자를 잊지 않고 함께하는 방법을 꽃동네와 모색하고, 천인의 비빔밥을 나누며 관광객과 정을 나누었다.

품바는 중장년층만 즐기는 문화라는 고정관념을 깨뜨리고 품바래퍼캠프를 열어서 청소년들을 축제장으로 불러들였다. 또한, 관내 대학생들이 축제장 곳곳을 누비며 포즈를 취해 전국에서 모여든 사진작가의 모델이 되기도 하면서 한층 젊어진 축제로 바뀌었다.

거지 옷을 만들기 위해 늦은 밤까지 모이던 회원들, 예총 상황실을 당번제로 지키던 일, 천 명이 먹을 비빔밥을 만들기 위해 재료를 준비하며 왁자지껄 웃던 소리, 이제는 사라진 풍경이다. 지금은 그전처럼 회원들이 발벗고 직접 뛰지 않아도 돈을 주고 전문가에게 맡기면 된다. 그러나 아직도 우리가 할 일은 많다. 품바축제는 예총 회원이 힘을 모아 시작한 축제이다. 여전히 회원들은 협회별로 역할을 맡아서 열심히 참여하며 해내고 있다.

거리퍼레이드는 축제의 꽃이라고 알려진 만큼 많은 단체와 사람들이 참여하고 있다. 특히 각 읍면에서는 퍼레이드를 위해 일찍부터 주제를 정하고 의상을 준비하기 위해 마을 주민들이 모인다. 농사일이 바쁜 시골 마을도 예외 없이 시간을 쪼개 축제를 준비하면서 흥겨운 시간을 보낸다. 축제 기간 각 마을별로 움막도 지어놓고 그 안에서 거리낌 없이 막걸리를 마시며 흥을 돋운다. 지난 번 한 마을 면장님은 우스꽝스러운 분장을 하고 가짜로 만든 엉덩이까지 꿰차고 움막 앞에서 막춤을 추며 마을 사람들과 어울렸다.

파노라마처럼 펼쳐지는 축제의 모든 풍경이 정겹다. 처음부터 지금까지 빠짐없이 참여하면서 20주년 기념으로 품바 백서를 만들었다.

'품바, 스물다섯 살 청춘이 되다'가 올해 축제의 슬로건이다. 인생에서 가장 아름다운 청춘이 붉은 장미꽃처럼 흐드러지게 피었다. 어우러져 피면서 더욱 아름다운 꽃처럼 모두가 함께여서 축제는 빛난다. 청춘의 시간으로 자리매김하기까지 '예술'로 하나가 된 예총 회원들의 열정이 있었다.

축제에 와서 사랑과 나눔을 되새길 수 있으면 좋겠다. 잔치는 벌어졌으니 누구나 와서 즐기면 그뿐이다. 장미 향이 흥겨운 축제장에 가득하다.

별빛으로 빛나는 날

바람이 이끄는 대로 나가보니 봄빛이 완연하다. 각양각색의 축제가 열리고, 그 많은 사람은 다 어디서 왔는지 가는 곳마다 인산인해를 이루었다. 잘 차려진 잔치에 사람들이 오고 마음껏 즐기는 것만큼 좋은 것이 어디 있으랴.

지난 3월부터 음성군민 축제아카데미 교육이 있었다. 2016년 충북에서 처음으로 음성군민 축제아카데미를 열고 난 뒤 올해로 3기가 되었다. 축제 전문 인력 양성으로 성공적인 글로벌 축제를 유도하고, 군민이 참여할 수 있는 기회를 부여하여 미래지향적 방향을 설정하기 위한 교육이다. 교육은 국내외 우수축제 운영 상황과 콘텐츠 분석, 문화관광 축제 벤치마킹, 음성 품바축제 모니터링과 현장답사 등으로 이루어졌다. 축제에 대해 전반적인 내용을 배우고 나니 나의 무지함이 드러났다. 품바축제가 시작될 때부터 진행과 성장 과정을 누구보다 잘 알고 있다고 자부했었는데 아니었다.

지난 7월에는 교육의 마지막 일정으로 축제 벤치마킹이 있었다. 그곳으로 이동하는 버스 안에서 교수님의 강의가 이어졌다. 일본의 마쯔리축제에 다녀오신 이야기였다. 일

173

본의 교토 기온 마쯔리는 지역마다 내려오는 전통 축제로, 전염병 퇴치를 위한 기원제가 유래가 되었다. 7월 한 달간 전통의상과 전통공연 프로그램이 교토 시내 한복판에서 펼쳐진다. 이와 함께 도쿄 간다 마쯔리는 도쿠가와 이에야스가 세키가하라 전투에서 승리한 것을 기념해 매년 5월에 열리는데 수많은 가마와 전통의상, 전통공연예술이 펼쳐지면서 일본의 대표 축제로 자리잡았다.

교토의 3대 축제인 기온 마쯔리축제는 올 7월에 해외 벤치마킹 예정이었는데, 지진으로 인해 가지 못해 아쉬웠다. 다른 지역이기는 하지만 교수님을 통해 마쯔리축제에 대한 생생한 경험담을 들을 수 있었다. 일본의 마쯔리축제는 오랜 역사를 가지고 지역 주민이 자발적으로 참여하여 이루어진다고 한다.

오늘 참여하는 '봉화 은어축제'는 문화관광부 우수축제로 올해 20회를 맞았다. 이 축제의 대표적인 프로그램은 내성천에서 하는 은어 반두잡이와 은어 맨손잡이가 있다. 반두잡이는 족대로 물고기를 잡는 방법을 일컫는다. 무더운 날씨에도 반두잡이 체험을 하는 사람들이 많았고, 곳곳에 쉼터가 잘 마련되어 있었다. 여기저기 분산되지 않고 내성천을 중심으로 동선이 이루어져서 편했다. 내성천은 규모가 컸는데 그 주변으로 다양한 체험장과 먹거리가 있었다. 먹거리 장터만 봐도 외부 상인보다는 지역 상인이 많아서 그런지 대부분 저렴했다.

무더위를 날려줄 시원한 물줄기를 맞고 싶다는 생각을 하는데 누군가 '장흥 물축제' 이야기를 꺼낸다. 작년에 벤치마킹으로 다녀왔던 곳인데 물총 싸움을 했던 기억이 새롭다. 축제의 하이라이트는 '살수대첩 거리퍼레이드'였다. 곳곳에 마련된 물통에서 바가지로 물을 뿌리며 너 나 할 것 없이 즐겼다.

남녀노소, 내외국인이 모두 하나가 되어 신나게 어린아이처럼 즐기는 진풍경을 볼 수 있는 지상 최대의 물싸움이었다. 나 또한 그들과 함께 망가진 모습으로 신나게 즐겼다. 아무 생각 없이 오랜만에 제대로 놀고 나니 찌든 마음도 씻긴 듯 개운했다.

행사장 곳곳을 다니면서 더운 날씨에 행사를 치르는 관계자들이 걱정되었다. 축제를 치르는 처지에서 그들의 고단함이 먼저 보였고, 품바축제가 5월이어서 다행이라는 생각도 들었다. 낮에는 공연이 없고 저녁 8시부터 수변무대에서 다양한 공연이 이루어진다고 한다. 저녁까지 즐기지 못하는 것이 아쉬웠지만, 전국 반두잡이 어신 선발대회를 보고 차에 올랐다.

축제장을 빠져나와서도 열기가 느껴진다. 니체의 '실행하는 자만이 배운다'라는 말을 행동으로 옮긴 날이다. 우리가 보지 못한 것을 보고 사람들을 이끄는 축제마다 다른 매

력을 보았다. 수많은 별이 빛을 발하듯 사람이 모여 축제의
날이 된다. 여름밤 송송히 박힌 별이 잔치를 벌였다.

향기에 숨은 씨앗

국화꽃 향이 마음을 흔든다. 국화꽃으로 장식된 아치형 터널을 걸으면서 다채로운 색깔과 가을하늘이 빚어내는 축제로 빠져든다. 시월 말에 떠난 예총 축제견학은 오랜만에 일상을 벗어난 시간이다.

가까운 곳으로 떠나서 여유로웠다. 함께 간 회원 모두는 자유롭게 걷고, 천천히 음미하며 누렸다. 일정에 쫓기지 않아도 됐고, 나도 혼자 주변을 볼 수 있어서 좋았다. 발밑에 구르는 은행잎에도 눈길이 갔다. 거리두기가 해제된 후 축제장은 사람들로 북적였다. 예외 없이 이곳에도 많은 사람이 찾았다. 잔디밭에는 작은 무대가 펼쳐지고 노랫소리가 들렸다. 무대가 잘 보이는 의자에 홀로 앉아 눈을 감는다.

느린 속도로 지나가는 삶의 궤적을 훑는다. 저만치 혼자 떨어져서 무언가 찾는 듯 허리를 구부린 선생님이 보인다. 눈을 반짝이며 주변을 살피느라 여념이 없다. 매표소 앞에 세워진 표지판을 찍고, 느린 걸음을 옮기는 중에도 예리한 시선이 빛난다. 존경스럽다. 나이가 들어도 스러지지 않는 작가적 호기심이 좋은 작품을 쓸 수 있는 모태가 되는가보다.

글은 스스로를 다독이고 치유하는 힘이 있다고 했던가? 얼마 전에 반기문 전국 백일장을 공모전으로 치렀다. 수많은 응모작을 읽으며 그런 생각이 들었다. 공모전을 홍보하면서 아는 선생님들께 학생부 글쓰기를 부탁했다. 흔쾌히 홍보하겠노라고 하셨지만, 단체 접수는 어렵다고 하셨다. 예전과 달리 글쓰기를 강요할 수도 없고, 학생들의 자발적인 의견을 존중할 수밖에 없다고 한다. 더군다나 요즘 아이들은 쓰기 자체를 많이 하지 않는다. 수업도 강의보다는 영상매체에 더 익숙해져 있다.

다행히 초·중·고등부에 응모하는 학생이 많았다. 시상금이 높은 일반부 수필은 경쟁률이 11 대 1이 될 정도로 치열했다. 접수는 잘 되었는지 걱정하던 응모자의 마음을 헤아리고, 문장에 숨긴 뜻을 읽으며 공정하게 심사하는 과정이 쉽지는 않다. 다문화부에도 생각 외로 주제를 잘 풀어낸 글이 여러 편 있었다. 부문별로 응모된 글은 결과를 나오기까지 일주일도 넘게 걸렸다. 수많은 응모자는 자신이 본 세상을 문장에 담았다. 그 문장을 읽으면서 나는 행간에 담긴 감정을 헤아렸다. 어떤 고등부의 시에서는 마지막 한 줄에서 눈물이 나왔다. 단 몇 줄이라도 허투루 볼 수 없는 까닭이다.

다른 사람의 글을 읽을 때마다 부끄러웠다. 나의 민낯이 글을 쓸수록 고스란히 드러난다. 습작 없이는 좋은 작품을 쓸 수 없다는 것을 알고는 있다. 그러나 쓰지 않으면 더 쓸 수 없다는 이중적인 카테고리로 자신과 타협한다. 나무는 보면서 정작 그 아래 깊게 뻗어 내려간 뿌리를 보지 못한다. 사물을 자세히 보는 눈과 문학적 호기심이 부족했다. 작가적 안목을 키워야 함을 느끼는 부분이다.

이정림의 수필특강에 보면 '유능한 세공사는 보잘것없는 원석 덩어리를 보석으로 만드는 방법을 알고 있다'라는 문장이 있다. 볼품없이 울퉁불퉁한 원석을 보석으로 가공하려면 세공사의 세밀한 기술이 필요하다. 글감을 찾을 때도 적절한 의미를 접목해서 표현할 수 있는 작가적 안목이 중요하다. 나를 둘러싼 모든 것이 원석인데, 보석으로 만들 재간이 없다.

이제부터 생활 속에서 모든 익숙했던 것들을 처음 본 것처럼 새롭게 바라보려고 한다. 낯설게 바라보는 시선은 지나쳐버리기 쉬운 글감을 찾아내는 일의 시작이다. 나도 뛰어난 세공사처럼 보석을 찾아내고 싶다. 저만치 굽혔던 허리를 펴고 원하는 것을 찾아낸 듯 선생님이 환히 웃고 계신다.

저마다 다른 색깔의 국화꽃이 푸른 하늘과 어우러지는 가을날이다. 그 향기 속에 무엇이 숨어 있는지 이참에 나도 글감이 되어줄 씨앗을 찾아보리라.

제5부
아름다운 마침표

위대한 관객
아름다운 마침표
말의 온도 36.5˚
커피, 맛에 반하다
해거름 연화지에서
지혜의 나무
추억은 소리없이
선을 긋다
카이로스Karois
절정으로 꽃 피다

위대한 관객

클래식 공연을 직접 본 것은 처음이다. 이틀 전 아는 언니가 티켓이 있다며 같이 갈 수 있냐는 전화에 거절하지 못했다. 음악을 즐겨 듣지는 않지만, 트로트를 좋아하고 클래식은 별로였다. 한 장의 표를 두고 '누구를 줄까?' 고민하다가 나를 떠올렸을 그 마음이 고마워서 공연장을 찾았다.

언니의 가족 옆에 배정된 자리에 앉아 기다렸다. 리플릿을 보면서 연주 내용을 봐도 잘 모르겠다. 시작 전에 공연을 볼 때 지켜야 할 예의에 대해 안내를 했다. 악장과 악장 사이에는 박수를 치지 말라고 당부한다. 눈치를 보면서 박수를 보내느라 연주에 집중할 수 없었다. 그러나 음악을 잘 모르는 내가 봐도 무대 중심에서 바이올린을 켜는 연주자의 카리스마가 공연장을 압도했다. 우리가 감상한 것은 줄리아드음대 교수인 정경화의 바이올린 협주곡이었다.

세계 최고의 바이올리니스트인 그녀의 연주가 음성의 공연장으로 사람들을 이끌었다. 공연이 시작되자 사회자가 첼리스트 정명화와 지휘자 정명훈이 삼남매라고 소개했다. 알고는 있었지만 그 말을 들으니 음악가족으로 특별함이 다가왔다. 곧 이어서 정경화와 피아니스트 케빈 케너Kevin

183

Kenner가 함께 무대에 오른다. 일흔 중반을 넘긴 바이올리니스트의 연주는 심금을 울리기에 충분했다. 피아노와 조율이 되지 않을 때는 다시 자세를 잡으며 시작하는 태도도 사연스러웠다. 간혹 악장과 악장 사이에 잠깐 무대를 벗어나기도 했다. 나중에 들으니 신발이 미끄러워서 갈아 신고 왔단다. 클래식이면 경건하다는 틀을 깨는 편안한 무대였다.

그 시간에도 관중들은 차분하게 기다렸다. 완벽주의자로 불릴 만큼 그녀의 연주하는 자세가 묻어나온다. 바이올린 하면 아름답고 섬세하다고 말하는데 이번 공연에서 본 연주자와 관객의 태도는 더 아름다웠다. 클래식을 잘 모르지만 연주를 듣는 동안 느낌이 좋았다. 고령에도 불구하고 열정과 혼을 담은 최고의 연주를 보여준 연주자와 그에 대해 관중은 기립박수로 화답했다.

공연이 끝난 후 검색해보니 바이올리니스트 정경화는 1967년 레벤트리트 콩쿠르 우승으로 주목을 받으며 음악계에 등장해 현재까지도 세계 정상급 오케스트라 및 연주자들과 활동을 이어오고 있다. 1995년 『아시아위크』가 뽑은 '위대한 아시아인 20인' 가운데 유일하게 클래식 연주자로 선정되었다. 또한 영국 '선데이타임스'가 선정한 '최근 20년간 가장 위대한 기악 연주자'에 오르기도 했다. 2017년에는 크라이슬러, 그뤼미오, 밀스타인 등과 함께 독일 베를린에 있는 그라모폰 명예의 전당 바이올린 분야에 이름이 등재

됐다.

피아니스트 케빈 케너와는 오랜 시간 음악적 동반자로 활동해오고 있었다. 이번 연주는 '그리그'의 〈바이올린 소나타 제3번 다단조〉, '브람스'의 〈바이올린 소나타 제1번 사장조〉, '프랑크'의 〈바이올린 소나타 가장조〉를 연주했다. '브람스'의 곡은 자주 듣던 곡이었지만 나머지 곡은 생소했다.

오래 전 1·4후퇴 때의 일화다. 피난민을 실은 배가 남쪽으로 내려오는 길이었다. 배 안에는 수많은 피난민들이 추위와 배고픔에 떨고 있었다. 그때 젊은 선교사가 바흐의 바이올린곡 〈G선상의 아리아〉를 켜기 시작했다. 그러자 구석진 자리에 앉아 있던 노인 한 분이 "내가 평생에 이렇게 아름다운 음악을 처음 들어본다"며 눈물을 흘렸다. 나도 지금, 당시 노인의 심정으로 음악을 듣고 있다. 심금을 울린다는 음악의 힘이 전해진다.

지금까지도 잊히지 않는 것은 공연이 모두 끝난 후의 커튼콜이다. 커튼콜은 연극이나 음악회 따위의 공연에서, 관객들이 찬사의 표시로 환성과 박수를 보내어 공연이 끝나 무대에서 퇴장한 출연자를 무대의 막 앞으로 다시 나오게 하는 일이다.

끊이지 않는 박수는 연주자를 무대로 불러들였다. 예정된 곡보다 좀 더 편하게 들렸다. 한 곡을 끝내고 퇴장한 뒤 관객의 반응에 두 번째로 무대에 서서 정경화의 짧은 설명과 함께 연주가 끝났다. 기립박수로 마음을 보내는 관객의 모습에 나도 모르게 일어섰다. 다시 무대로 나온 정경화와 케빈 케너는 연주로 마음을 표했다. 세 번의 커튼콜 무대를 보여준 그녀가 조금 더 가깝게 느껴진다. 무대에 오르는 사람은 무대에서 죽는 것이 소원이라는 말을 자주 한다. 죽을 것같이 아프다가도 무대에만 오르면 관객의 박수와 호응에 위대한 기량을 발휘한다. 그 원천은 관객이니 더 위대해 보인다. 무대의 완성을 관객이 보여준다. 낯설지만 뜨거웠던 밤의 연주가 또렷하다.

아름다운 마침표

보기만 해도 미소가 번지는 사진이 단톡방에 올라왔다. 엄마 품에 안겨 평온한 잠을 자는 신생아다. 한국어 수업을 받던 베트남 학생이 둘째 아이 출산을 하면서 소식을 전한다. 수술 하루 전까지 수업을 들을 정도로 열정적인 학생이다. 충북에서 지원하는 출산장려금과 타 시도의 출산지원 정책에 대해 서로 관심을 보이며 건강한 출산을 기원했다.

통계청이 발표한 2023년 3월 인구 동향에 따르면, 올해 가임여성 1명당 예상되는 출산율은 1분기 0.81명을 기록했다. 지난해 1분기 0.87명보다도 적은 것으로 역대 최저치라고 한다. 반면 65세 이상 노인 인구수는 약 940만여 명으로, 총 인구수 대비 18.19%를 차지한다. 이같은 추세라면 2025년 노인인구 비율이 20%가 넘는 초고령사회에 진입할 것이라고 한다. 어린이를 대상으로 하는 시설은 점점 줄어들고, 노인을 대상으로 하는 시설은 증가하고 있다.

친정엄마를 '노인유치원'이라고 불리는 주간보호센터에 등록을 마쳤다. 등록을 하기 전에 음성 외곽에 있는 한 곳을 함께 방문했다. 무표정하게 둘러보던 엄마는 아이처럼 가지 않겠다고 떼를 쓰신다. 철부지 어린애 같은 행동을 보니 인지기능이 점점 나빠지고 있음이 눈에 띄게 보였다. 낮에 홀로 계시는 엄마를 더 이상 두고 볼 수 없기에 어르고 달래서 다니시게 했다. 다시 25년 전 유치원 학부모에서 이제는 엄마의 보호자가 됐다.

처음 걱정과는 달리 잘 적응하셨다. 센터에서 운영하는 SNS에 초대되어 다양한 프로그램에 참여하는 모습을 볼 수 있다. 아이들 키울 때 제대로 보지 못한 활동 모습을 실시간으로 본다. 부모 눈에는 자식만 보이듯이 딸의 눈에도 엄마만 보였다. 뒷모습도 금방 알아볼 수 있고, 엄마가 환하게 웃고 있는 얼굴을 보면 기분이 좋아진다.

치과치료도 병행했다. 이가 몇 개 남아 있지 않아서 틀니로 진행하다가 임플란트시술로 바꾸었다. 치과 치료는 생각보다 힘들었다. 당뇨병 때문에 드시던 아스피린을 중단해야 했다. 지혈이 되지 않는 약이라서 일주일 전부터 아스피린만 빼고 드시게 했다. 나머지 약봉투는 감춰두었다. 치과에 가서도 치료를 거부하셔서 진료가 중단되기도 했다. 치료실로 가서 어르고 달래면 내 말은 고분고분 들으셨다.

100세시대를 감안하면 70대 후반의 엄마는 연세가 그리 높은 편은 아니다. 그런데 하루하루 몸과 마음이 피폐해진다. 모시는 일이 결코 녹록지 않음을 실감한다. 아픈 엄마를 모시면서 나도 언젠가 나이가 들면 가족의 도움이 필요한 때가 올 수도 있겠다는 생각이 든다. 남편에게 기대는 것은 괜찮지만 자식에게 짐이 되고 싶지 않다. 고수련도 쉽지 않은 일임을 엄마 곁에서 겪은 까닭이다. 건강하게 오래 사는 것은 몰라도 아프면서 오래 산다면 당사자는 물론 모두가 고통스러운 일이다.

그 무렵 죽음에 관련된 주제로 학술대회가 열렸다. 학술대회에서 '사전연명'에 대한 주제에 솔깃해졌다. 만일 내게 사고가 발생해서 의료상의 치료가 필요할 경우 생명을 연장하려는 조치를 거부한다는 내용이다. 정확한 명칭도 몰랐었는데 강의를 통해 알게 됐고 실행으로 옮겨야겠다는 확신이 섰다.

내가 지금 하고 싶은 것은 '사전연명의료의향서'이다. 이는 19세 이상이 자신의 연명의료를 시행하지 않거나 중단을 결정하는 것으로 임종시설에 관한 의사를 직접 문서로 작성한 것을 말한다. 건강할 때 미리미리 자기 죽음을 생각해보고 향후 자신이 의학적으로 임종이 예측되는 상황일 때, 의학적으로 무의미한 생명만을 연장하는 시술을 하지 않거나 중단하는 것, 또는 임종시설 이용 등을 어떻게 할 것인지에 대한 뜻을 미리 밝혀둘 수 있는 문서다. '연명의료결정법'은 이러한 무의미한 연명의료에 관한 자기 뜻을 밝혀둘 수 있고, 그 뜻이 존중받을 수 있게 하려고 만들어졌다. 내가 만일 병이 든다면 의료기술로 목숨을 연장하지는 않으리라는 마음이 굳어졌다.

강의를 들은 후 인터넷으로 검색하니 방법이 나왔다. 몸과 마음이 아픈 엄마를 보면서 자꾸만 자식을 위한 결단을 내려야 한다는 생각이 깊어진다. 자신이 세상에 나옴을 알리는 우렁찬 태아의 울음과 죽음을 준비하는 울음이 모두 아름답다는 생각이 든다. 세상을 시작할 때는 내 의지와 상관없었으나 끝맺음은 내 뜻대로 매듭짓고 싶어서 마음을 단단히 먹는다.

잠든 아기의 얼굴이 사랑별로 다가온다. 나의 마지막은 별뉘 없이 건강하기를 소망해본다.

말의 온도 36.5°

날씨가 춥다. 지난 겨울은 유난히 추웠다. 그래서인지 3월이 더 기다려진다. 3월은 봄의 첫 관문이다.

지난 겨울에 큰 사고가 있었다. 눈이 많이 오던 날 커브길에서 속도를 줄이지 못하고 브레이크를 밟았다. 혼자 나무에 차를 들이받았다. 운전석 문이 열리지 않고 차량 앞부분이 완전히 찌그러진 대형사고였다. 차 수리는 일주일이 걸렸다. 다행히 크게 다치지는 않았다. 물리치료만 받으러 다녔다.

그리고 이틀 뒤 또 사고가 났다. 후진하는 차가 들이받는 바람에 조수석 앞부분이 크게 일그러졌다. 가슴이 떨리고 진정이 되지 않았다. 주변 사람들의 도움으로 보험회사에 연락했다. 되돌릴 수 있으면 되돌리고 싶을 정도로 후회스럽다. 방어운전은 물론 이쪽 길로 오지 말았어야 했다는 자책감으로 힘들었다. 이번 사고 때는 과실비율 때문에도 번거로웠다. 다행히 상대방 과실이 100%로 인정돼서 수리며 병원치료를 편하게 받을 수 있었다. 두 번의 사고에서 가족의 따뜻함을 느낄 수 있었다.

그날 아침에 〈여성시대〉에서 들은 사연 때문에 더 따뜻했는지도 모른다. 라디오에서 어느 중년의 아내가 남편으로부터 10년째 언어폭력과 폭행에 시달리는 사연이 나왔다. 이유는 10년 전 아내가 빚보증을 잘못 시는 바람에 3,000만 원의 빚을 졌다. 남편이 대신 갚아주었는데, 그 뒤로 경제적 압박과 폭력으로 인해 이혼 상담을 신청한 것이다. 그 사연을 들으면서 안타까움을 느꼈었다. 그날 바로 첫 번째 사고가 났다. 남편과 아이들에게 연락했을 때 '다친 덴 없어?'라고 했을 뿐 차에 대해서는 아무것도 묻지 않았다. 두 번째 역시 마찬가지였다. 무뚝뚝한 남편과 아들들이지만 전화기로 오는 목소리에는 걱정과 위로가 잔뜩 묻어났다.

말 한마디가 주는 위로가 얼마나 큰지를 알게 되었다. 말의 사전적 의미는 사람의 생각이나 느낌 따위를 표현하고 전달하는 데 쓰는 음성 기호로 곧, 사람의 생각이나 느낌 따위를 성대를 통하여 조직적으로 나타내는 소리다. 뜻은 단순하지만, 생각과 느낌뿐만 아니라 차가움과 뜨거움을 재는 온도까지 들어 있다. 어떤 말은 따뜻한 위로의 말이 있는가 하면 상처를 주는 말도 있다. 말이 주는 온도에 생각이 닿으면서 오래 전에 읽었던 따뜻한 구절이 떠오른다.

정여민 작가의 책『마음의 온도는 몇 도일까요?』부록에 수록된 수필에 그런 구절이 있다. "나는 이곳에서 우리 마음 속의 온도는 과연 몇 도쯤 되는 것일까? 생각해보았다. 너무 뜨거워서 다른 사람이 부담스러워서 하지도 않고, 너무 차가워서 다른 사람이 상처받지도 않는 온도는 '따뜻함'이라는 온도란 생각이 든다. 보이지 않아도 느껴지고, 말없이 전해질 수 있는 따뜻함이기에 사람들은 마음을 나누는 것 같다." 작가가 열두 살 때 쓴 글로 아직도 많은 사람의 마음을 따뜻하게 감싼다.

예전에는 욕이나 비속어를 사용하는 것을 폭력으로 보지 않았고, 몸에 상처를 주어야만 폭력으로 보았다. 그동안 인식도 많이 바뀌었다. 언어로 공격하는 것도 폭력으로 보고 있다. 몇 년 전 각 초등학교에서 언어폭력에 대한 대처와 신고방법을 교육할 즈음에 그와 관련된 해프닝이 있었다. 내가 지도하는 방과 후 수업 중 2학년 남자아이와 여자아이가 말다툼을 했나보다. 한눈판 사이에 여자아이가 언어폭력으로 112에 신고했다. 다행히 학교로 확인 전화가 오면서 별일 아닌 일로 마무리되기는 했지만, 내 수업 중에 일어난 일이기에 아찔했다.

내가 하는 말의 온도는 몇 도쯤일까? 가족에게 한 말을 떠올려보니 남편에게 가장 쌀쌀맞게 굴었다. 같은 말이라도 아들에게는 살갑게 대한 생각을 하니 미안한 감이 들었다. 일정한 체온을 유지해야 건강해지듯 말의 온도 역시 적정선을 유지해야 바람직한 관계가 될 것이다. 가족이든 이웃이든 누구하고라도 말의 따뜻함을 전하는 사람이 되고 싶다.

커피, 맛에 반하다

가끔 인스턴트커피를 마신다. 커피믹스의 황금비율이 빚어낸 맛을 잊지 못한다. 원두커피 전문점이 처음 생길 때만 해도 카페에서 주로 마시던 것은 달콤한 휘핑크림이 올라간 카페모카였다. 이름도 생소해서 매번 '크림 올라간 것'이라고 언급하며 주문했다.

쌉쌀한 아메리카노의 맛을 알게 된 것은 논문을 지도받으면서, 교수님이 직접 내려준 커피를 마시면서부터다. 논문작업을 할 때마다 하루에 석 잔 이상의 커피믹스를 마셨는데 속이 거북했다. 그러면서 자연스럽게 아메리카노를 마시기 시작했다.

커피에 대한 입맛이 바뀐 결정적 계기는 교통대학교 국제교류팀에서 한국어를 가르칠 때다. 수업이 끝난 후 학교 내 카페에서 아메리카노 한 잔과 김밥 한 줄이 차로 이동하면서 누릴 수 있는 기쁨이 되었다. 카페 주인은 상냥하고 친절한 분이셨다. 그분 때문에 수업 가는 날이 힘들지 않을 정도로 몇 달간 거르지 않고 마셨다. 커피의 진한 정도를 표현하는 '원 샷(shot)과 투 샷'의 차이도 알게 되었다.

커피를 마실 줄 아는 사람은 주로 에스프레소를 마신다

고 한다. 하지만 나는 아직 그 맛의 깊이를 잘 모른다. 몇 해 전 이탈리아 여행에서 가이드 추천으로 에스프레소를 마셨던 생각이 난다. 이탈리아에 가면 꼭 먹어봐야 하는 것 중의 하나라는 말을 들었다. 진하고 쓰다는 생각을 하고 있었는데, 오히려 부드럽고 커피 향과 풍미가 뛰어났다.

얼마 전 TV에서 강릉 커피거리가 방송되는 걸 본 적이 있다. 그걸 보면서 카페마다 자신의 색깔을 찾고 자신만의 커피에 대한 자부심으로 맛을 창조하는 각양각색의 사람들을 보았다. 사람마다 각기 다른 개성이 있는 것처럼 커피에도 다양한 맛의 영역이 있다.

나도 이제 커피 맛의 차이를 조금 느끼며 마신다. 주변에 보면 많은 사람이 취미로 바리스타 과정을 배운다. 가정에서 자기만의 스타일로 즐긴다. 요즘 나도 근처 카페에서 로스팅한 원두를 직접 사왔다. 예전에 한국어 수업을 받던 외국 친구가 선물한 핸드드립 잔에 내려서 마시고 있다.

지인이 사향고양이 원두를 줬다. 원두 분쇄기는 없었다. 처음에는 절구에 빻다가 믹서기를 사용했다. 잘은 모르지만 커피 내리는 기계와 핸드드립과는 차이가 있었다. 원두를 로스팅하는 방법과 물의 온도를 조절하는 방법에 따라서 맛이 달라진다. 우리가 알고 있는 다양한 맛의 커피 종류는 에스프레소를 기본으로 한다. 다양한 맛과 향기를 내면서 누군가의 입맛을 사로잡고 잠깐의 행복을 누릴 수 있게 해주기도 한다.

커피를 습관처럼 마시고, 무언가 집중해서 일할 때도 마신다. 이제는 일상에서 중독되어버린 것 중의 하나가 되었다. 커피믹스에서 아메리카노로 입맛이 변하기는 했지만, 여전히 그로 인해 일상의 피로감을 덜어내고 있다.

우리도 역시 에스프레소처럼 사람이 가지고 있는 본성이나 타고난 바탕이 있다. 그 맛을 기본으로 그 외에 가미되는 다양한 방법은 사람을 변화시키는 내적, 외적 요건이 아닐까 하는 생각이 든다. 어느 때는 내가 한 잔의 커피가 되어 누군가의 위로가 될 수 있으면 좋겠다. 내가 커피 맛에 반해서 길든 것처럼 나도 그런 사람이 되고 싶다.

커피 한 잔을 내리는 거실 안으로 진한 향이 퍼진다. 에스프레소의 풍미가 느껴지는 커피 한 잔이 기분 좋은 아침이다.

해거름 연화지에서

가을은 가을이다. 뜨거운 여름 한낮 기온이 아침저녁으로 뚝 떨어졌다. 구월이 되면서 깊고 푸른 하늘과 만산홍엽으로 펼쳐진 풍경에 마음을 빼앗겼다.

고즈넉한 산빛과 풀벌레 소리가 어우러진 일요일이다. 언덕을 천천히 오른다. 가을을 오롯이 느끼려고 미타사로 가는 길이다. 이 길은 내가 어떤 모습으로 찾아가든 상관없이 늘 그 자리에 서 있는 나무처럼 든든하다. 미타사로 가는 일주문 너머 지장보살이 보이면 두 손을 자연스레 모아 합장한다.

미타사는 신라 진덕여왕 때 원효대사가 창건했다고 전해지는 사찰이다. 미타사의 상징이라고 할 만한 지장보살은 부처가 되지 않고 지옥문에서 고통받는 중생들을 구원하러 보살상으로 남았다. 모든 중생이 백팔 참회를 통해 다생겁래多生劫來의 업장을 없애고 성불하기를 바라는 뜻에서 조성된 동양 최대의 불상이다. 높이가 자그마치 108척(41m)으로 여름밤 불빛이 비치는 지장보살 주변은 놀이터였다. 우리 아이들도 서너 명씩 짝을 지어 어두운 밤길을 올라 사슴벌레를 잡고 숨바꼭질을 하곤 했다.

산길을 올라가면 왼편으로 암벽에 새겨진 마애여래입상이 보인다. 민머리 위에 있는 상투 모양의 높은 머리 묶음과 각진 얼굴에 이목구비가 뚜렷하다. 옷은 왼쪽 어깨에만 걸치고 주름은 사선으로 흐르며, 오른손은 밑으로 내리고 왼손은 들어 가슴 앞에 댄 모습이다. 통일신라 후기 거구의 불상 양식을 계승한 고려 중기의 작품으로 추정되는 마애불이다. 바위에 새겨진 부처님은 보는 것만으로도 근심을 덜어낸다.

더 올라가면 아미타불을 본존으로 모신 '극락전'이 보인다. 미타사의 주불전인 극락전 앞에는 6각 3층 석탑인 대광명 사리탑이 있다. 천천히 경내를 둘러보며 탐방 중이다. 요즘 코로나 시국으로 해외여행이 자유롭지 못하다. 자연스레 주변의 수려한 명소를 찾게 되고, 집에서 가까운 미타사를 찾게 되었다. 지금껏 알지 못했던 웅장함과 아름다움이 보였다. '고통받는 중생을 모두 구원하지 않고서는 성불하지 않겠다'라는 일념이 거룩한 정신으로 다가온다. 불교 신자는 아니지만, 사월 초파일은 등을 달아 두고 가족의 무사함과 건강을 기원한다. 종교에 상관없이 모든 인류에게 적용되는 끝없는 자비심이 마음을 따뜻하게 한다.

마음이 편해진다. 불교에서 말하는 무념무상無念無想은 아니더라도 무상무념無想無念의 편안함으로 걸었다. 원불교 대사전에 의하면 무념무상은 일체의 분별과 상이 끊어진 삼

매의 진경으로 수행을 통해 분별 망상과 일체 애착을 넘어 무아의 경지에서 도와 하나가 된 주객일체, 물심일여物心一如의 요원한 경지를 말한다. 즉, 수도와 정진을 하면서 불심을 담은 채로 마음의 최고의 평화를 지닌 상태로 머릿속이 깨끗한 경우를 일컫는다. 어순이 바뀌어서 잘못 쓰는 일도 많은 무상무념은 잡생각이 없는 것으로 일체의 상념을 떠나 담담한 마음 상태를 말한다.

내려오는 길에 있는 연화지를 가장 좋아한다. 오가는 길목에 자리한 좋은 쉼터다. 여름이면 연꽃이 만개한다. 연꽃이 피고 지는 시기와 상관없이 주변에 앉아 조망하는 것만으로도 좋다. 나도 닉네임이 '연꽃'이다. 그래서 더 정이 가기도 하거니와 쓸모도 많다. 음식으로 즐겨 먹는 연근조림부터 연잎밥은 물론 꽃과 잎을 차로 마시기도 하니 버릴 것 없는 수생식물이다. 게다가 연꽃의 씨앗인 연자육으로는 염주를 만든다.

특히, 연꽃은 더러운 연못에서 깨끗한 꽃을 피워 예로부터 선비들의 사랑을 받아왔다. 중국 북송시대의 유학자이자 문학가인 주무숙周茂叔은 「애련설愛蓮說」에서 '연꽃의 덕'을 찬양했다. 그 구절은 "내가 오직 연을 사랑함은 진흙 속에서 났지만 물들지 않고, 맑은 물결에 씻어도 요염하지 않으며, 속이 소통하고 밖이 곧으며 덩굴지지 않고 가지가 없다. 향기가 멀수록 더욱 맑으며 우뚝 깨끗이 서 있는 품은 멀리서 볼 것이요 다붓하여 구경하지 않을 것이니 그러므로 연은 꽃 가운데 군자라 한다"이다.

연꽃은 진흙 속에 핀다. 물이 맑아야 꽃이 예쁠 것 같지만 물기를 많이 빨아들이면 꽃 색깔이 예쁘지 않다고 한다. 오히려 탁한 진흙 속에서 더 진하고 아름다운 꽃을 피운다. 진흙 속의 연꽃처럼 우리 인생도 어려움 속에서 고난을 이겨내고 아름다운 결실을 맺는다.

아무 생각 없이 연꽃을 보니 고요함이 밀려든다. 일상의 소음과 멀어지니 여유도 생긴다. 아침부터 저녁까지, 일주일 동안 쉴 틈 없이 종종거렸다. 알게 모르게 받는 스트레스를 풀러 가끔 미타사를 찾는다. 거대한 지장보살 앞에서는 근심이 사라진다. 연화지에서 물끄러미 수면 위 연잎과 이름 모를 벌레를 바라본다. 세상일이 마음 하나로 바뀌는 순간이다. 별반 다를 것 없는 석양도 황홀하게 눈부시다.

지혜의 나무

지난 목요일 아침, 황창연 신부의 강연을 듣게 되었다. TV를 켜놓은 채 청소를 하던 중이었다. 배우 김태희와 비의 혼례미사에서 주례를 맡기도 한 신부의 '자기 껴안기'라는 주제였다. 주제에 끌렸다기보다는 인생의 멘토에 대한 부분이 인상적이었다. 그에게는 멘토 신부로 충고를 해주는 신부, 예술과 철학을 이야기하는 신부가 있다고 한다.

강의를 들으면서 과연 내게는 과연 그런 사람이 있는지 고민에 빠졌다. 나는 약간의 결정장애가 있다. 뭔가 중요한 일이 생길 때마다 지인 몇 명에게 물어서 다수의 의견을 따른다. 그 외에도 개인적인 고민이 있으면 편하게 얘기하고 의견을 구하는 멘토가 있다. 또한, 첫 시집을 내면서 내 시를 봐주고 좋은 말로 위로하고 격려해준 형님 같은 선배도 있다.

아무리 찾아봐도 나 자신의 잘못을 지적해주고 바르게 갈 수 있도록 이끌어주는 누군가가 없다. 그런데 생각해보니 얼마 전 내 말투와 버릇에 대해 조심스럽게 귀띔해준 사람이 있었다. 오랫동안 알고 지낸 이로부터 충고의 말을 들으니 순간적으로 화가 나서 불편한 심기를 드러냈다. 그러

201

고 보니 내겐 충고를 해주는 멘토가 없는 것이 아니라 쓴소리를 받아들이지 못하는 멘티인 내가 존재하고 있었다.

요즘 흔히 '멘토와 멘티'라는 말을 다양한 분야에서 사용하고 있다. 멘토mentor란 그리스신화에서 오디세우스가 트로이 전쟁에 출정하기 전에 가문을 지켜줄 보호자를 정한 것에서 비롯되었다. 자신이 없는 동안 아들 텔레마코스의 스승이자 친구, 아버지, 대리인으로서의 역할을 성실히 수행했던 보호자의 이름이 '멘토르Mentor'였다. 그의 이름이 '현명하고 성실한 조언자'라는 의미를 지니면서 현대에 이르러 '멘토'라고 불리고 있다. 즉, 멘토란 현명하고 신뢰할 수 있는 상담의 역할로 지도자, 선생, 스승의 의미로 도움을 주는 사람이다. 도움을 받는 사람을 멘티mentee 또는 프로티제protégé라고 한다. 멘토와 멘티라는 것은 서양에서는 오래 전부터 뿌리내렸다고 한다.

인생을 살다보면 수많은 사람을 만난다. 나와 직접 만나는 사람도 있지만, 유명한 강연자뿐만 아니라 책 속의 인물을 통해 가르침을 받기도 한다. 일부는 내가 닮고 싶기도 하고, 결단을 내리는 데 도움을 주기도 하며 전환점이 되기도 한다.

누군가 '삶'이란 글자를 'ㅏ' 모음을 길게 내려쓰고 그 밑에 자음 'ㅁ'을 쓰면서 '사람'이라고 쓴 글씨를 본 적이 있다. 사람이 합쳐져서 삶이 되는 것으로 사람과 사람과의 관계로 삶을 이루어간다고 볼 수 있다. 그런데 삶을 바르게 이끌어 줄 좋은 사람을 찾는 것은 어려운 일이다. 또한 좋은 가르침을 주더라도 그것을 받아들이는 좋은 멘티가 되는 것도 쉬운 일은 아니다. 누군가는 인생의 가장 큰 멘토는 자기 자신이라는 말을 하기도 한다.

분명 자기 삶의 주인은 자신이기에 틀린 말은 아니다. 그러나 나는 더불어 사는 공간에서 사람을 생각하고 그와 함께 살아가고 싶다는 생각을 한다. 사람에게 상처를 받기도 하지만 치유의 해답 또한 사람에게서 얻는다.

나는 이제 내 인생의 멘토를 찾기 전에 먼저 좋은 멘티가 돼보려고 한다. "내가 만약 햇빛과 물기를 받아들이려 한다면 또한 나는 천둥과 번개를 받아들일 수 있어야 한다"라고 했던 칼릴 지브란의 말처럼 모진 바람도 기꺼이 맞을 준비가 되었다. 삶이라는 나무에, 물을 주고 햇볕을 쬐고 때론 바람에 맞설 힘도 키워줄 수 있는 인생의 멘토를 갖는다는 것은 얼마나 값진 일인가? 인생의 스승을 알아보려면 그만큼 나부터 괜찮은 사람이 되어야 한다.

강연이 끝나갈 무렵, 나는 비바람도 기꺼이 맞을 아름드리 나무로 가지를 뻗는다.

추억은 소리없이

오래된 사진 속에 열일곱 살 적 네 명의 소녀가 의자에 앉아 웃고 있다. 친구가 사진첩에서 찾았다며 휴대전화기로 보내온 것이다. 까맣게 잊고 있었던 고등학교 시절 함께했던 일들이 떠올랐다. 학교 임원으로 활동하면서 말괄량이처럼 몰려다니고 티격태격하며 지냈다.

지금 생각해보니 모두 한부모가정이었다. 환경이 비슷해서였을까? 그때는 그런 생각을 한번도 해본 적이 없는데 사진을 보다보니 그런 생각이 들었다. 졸업 후에도 가끔 만나왔고 오랫동안 연락이 없다가 만나도 어색하지 않았다. 30년이 넘은 친구들과 몇 년 전에는 1박2일로 여행을 가서 지난 추억을 회상해보기도 했다.

또 다른 고교 시절 친구 다섯 명과 스무 살 때부터 모임을 이어오고 있다. 노는 걸 좋아하거나 술을 즐기는 친구들이 아니라서 두 달에 한번 만나 밥 먹고 수다 떠는 게 전부였다. 그러다가 몇 년 전부터 가까이 있는 몇 명은 가끔 저녁에 술자리도 하고 여행도 함께하며 기분전환을 했다. 나를 포함한 여섯 명의 모임은 오래도록 지속하였다.

그런데 한 친구가 개인적 사정으로 불참한 지 몇 년이 되

었다. 그 친구는 유안진의 수필 「지란지교를 꿈꾸며」에 나
오는 "저녁을 먹고 나면 허물없이 찾아가 차 한 잔을 마시고
싶다고 말할 수 있는 친구가 있었으면 좋겠다"라는 구절을
떠올리게 한다. 내 얘기를 먼저 들어주고 내 편이 되어 맞장
구쳐주는 게 좋았다. 언제 어느 때나 거리낌 없이 만나면 위
로가 된다. 그러던 어느 날, 우정에 관해 얘기하던 중에 '친
구 관계는 평행선과 같다'라며 말을 던졌다. 무슨 일이 있는
지 알 수 없는 표정으로 말을 했지만 대수롭지 않게 넘겼다.
그 뒤 모임에 참석하는 일이 뜸해지고 나와도 멀어졌다.

　유안진 시인의 글을 좋아한다. 시 「자화상」의 "한 오십 년
살고 보니 나는 나는 구름의 딸이요 바람의 연인이라"는 첫
구절이 있다. 내 나이 오십부터 지난 시간을 되돌아보게 하
는 내용이다. 삶을 반추해보고 지난 추억을 떠올리면서 나
이가 들어감을 느꼈다. 시간을 되돌아보니 주변을 살피지
않고 살아왔다. 관계 맺고 있는 사람들이 힘들고 어려울 때
따뜻한 말 한마디 해주지 못하고 앞만 보고 살았다. 생각해
보니 부끄러운 일이다. 기쁨보다는 슬픔을 함께하지 못하
고 인색했다.

　지난 겨울, 사진 속 친구 중 한 명이 세상을 떠났다. 일 년
여 암투병으로 고생하더니 결국은 깨어나지 못했다. 나이
가 들면서 장례식을 혼자 다녀올 정도로 담담했지만, 이번
은 달랐다. 철모르던 초등학교 6학년 때 아버지의 죽음 이

후 가장 큰 이별을 겪었다. 가장 가까운 이의 이별은 일상을 흔들었다. 일하다가도 멍해지고 함께했던 추억이 또렷이 박혀 있어서 우울하고 심경이 복잡했다.

남편의 권유로 여행을 떠났다. 몇 권의 책을 가지고 갔다. 그중 힘들 때 읽으면 도움이 된다는 이철환의 『위로』라는 책을 펼쳤다. 작가는 5년 동안 우울증을 앓았는데 그 시기에 이 책을 썼다고 한다. 작가가 그린 그림과 짤막한 내용의 글로 이루어져 있어서 금방 읽을 수 있는 책이었다. 바다가 보이는 곳에 자리를 잡고 읽었다. 짧지만 한 장 한 장 그림과 글을 읽을 때마다 작가의 고뇌가 전달되면서 생각이 정리되는 느낌이었다.

작가는, 과거의 상처는 현재의 상처가 되기도 하고 미래의 상처가 될 수도 있다고 한다. 상처를 다독이는 것이 위로라면 행복은 위로가 키워내는 열매라고 말한다. 행복이란 '기다릴 줄 아는 용기에서 비롯되는 것'이라며, 자신을 위로하며 긴 어둠의 시간을 견뎌낼 것을 강조한다.

책을 덮고도 오랫동안 여운이 남았다. 반쪽 붉은 나비가 되기 위해 마음속 깊은 곳까지 들어가 마음속에 핀 꽃을 따 먹은 파란 나비 피터의 여정을 그린 것이다. 피터는 여행길에 만나는 모든 관계가 끝날 때마다 홀로 남겨져 아프고 외로울 때 엄마가 들려준 이야기를 떠올리며 위로받고 다시 용기를 얻는다. 피터가 반쪽 붉은 나비가 되기 위해 떠나는 과정에서 겪는 시련과 아픔을 보면서 위로의 방법을 터득한다.

　연락이 뜸해진 친구가 그립고 궁금하다. 아직은 젊은 오십 중반에 세상을 떠난 친구도 말할 나위 없이 보고 싶다. 그 친구는 이제 빛바랜 사진 속 웃는 모습으로 남아 있다. 눈시울이 붉어진다. 너와 보낸 시간은 가장 아름다운 청춘이었다고 말해주고 싶다. 가끔 친구들과 만나서 추억을 떠올리며 이별의 아픔을 견디리라.

　"친구야, 고생 많았어. 우린 아직도 널 기억해."

선을 긋다

구름 한 점 없이 푸른 하늘과 붉은 단풍이 잘 어울리는 날씨다. 바람은 나뭇가지 끝에 이파리를 가볍게 스친다. 차창 밖으로 한강이 보인다. 먼빛으로 출렁이는 물결 사이사이 햇살이 반짝인다.

시간은 내리막길에 가속도가 붙은 것처럼 빨리 간다. 나이만큼 시간은 속도를 낸다고 하더니 그 말을 체감한다. 50대 후반부를 향해 가는 나의 시간도 빠르다. 허투루 쓰지 않았는데도 지난 시간을 되돌아보면 아쉬움이 남는다. 많은 일을 해왔다는 뿌듯함보다 하지 못한 일에 대한 후회가 더 크게 다가선다. 오십대 중반을 지나면서 나이가 들어가는 초조함이 생긴 탓이다.

현관을 열고 집 안으로 들어서면 내 나이 서른 초반에 찍은 가족사진이 보인다. 예쁘지 않아도 젊어서 환해 보이는 내가 있다. 예전에는 스쳐 지나쳤던 과거의 물건이 자꾸 눈에 밟힌다. 거실 한쪽에 멈춰버린 바이올린 시계가 있다. 결혼 초 집들이 선물로 받아서 쉽게 버리지 못하고 고치지도 못한 채 놔두었다. 그 시계를 보면 정지된 세상 속에서 잠깐이나마 나를 본다. 가진 것 없어도 행복하고, 남편과 함께하는 시간이 많았던 시골에서의 삶을 떠올리게 하는 물건이다.

예전에 비하면 지금은 그때보다 경제적으로 몇 곱절 풍요로워졌는데, 늘 시간에 쫓기며 살고 있다. 바쁘다보니 남편과 함께하는 시간도 줄었다. 주말에도 일하며 왜 그리 힘들게 사는지 내 삶에 의구심이 자꾸 든다. 엊저녁 아들이 한 말이 잊히지 않는다. 큰아들은 어릴 때 중이염으로 여러 번의 수술을 겪고, 지금도 대학병원에 정기적으로 다닌다. 일하느라 바빠서 제때 치료를 받게 하지 못했다는 미안함 때문에 아픈 손가락이다.

그런 아들은 심성 고운 청년으로 성장했다. 좋아하는 일을 하면서 자신의 인생을 책임지며 살아간다. 나는 부모로서 언제나 아들 편이고 든든한 조력자이지만, 시간이 지나면서 아들이 오히려 내 인생의 응원군 역할을 한다. 남편과 싸울 때도 '엄마가 하고 싶은 대로 하라'며 믿고 기다려줬다. 시시콜콜한 일상을 들어주고 남에게는 보여주고 싶지 않은 속마음도 털어놓는다. 끝도 없는 나의 욕심을 드러내도 가만히 듣기만 하고, 잘못을 끄집어내지 않는다.

그런데 어제는 처음으로 비수 꽂힌 말을 했다. 내가 다른 사람과 비교하며 힘들다고 투정 아닌 투정을 여러 번 했다. 그럴 때마다 들어주고 내 입장을 지지해줬었다. 그러면서 자신도 타인과의 비교로 힘들었던 적이 있었다며 속마음을 털어놨다. 이제는 그런 마음을 버리고 '어제의 나와 오늘의 나를 비교한다'며 의미심장한 말을 한다. 자식이지만 머리를 한 대 얻어맞은 것처럼 정신이 번쩍 들었다.

강이 향하는 곳은 바다다. 오래 흘러도 결국은 바다로 흘러간다. 흘러가면서 바닷물이 만나는 지점을 솔트 라인Salt Line이라고 한다. 강물과 바닷물의 차이는 염분이 있느냐 없느냐이다. 두 물이 만나는 솔트 라인에서 격차가 심할 경우 라인이 뚜렷하게 보인다. 그 라인은 수시로 바뀐다. 가뭄으로 강물이 줄어들면 강 위쪽에 형성되고, 비가 많이 와서 강물이 불어나면 바다 쪽으로 깊이 들어간다. 경계선에서 선을 넘으면 담수였던 물은 마실 수 없는 소금물이 된다.

눈에 보이지 않는 마음의 선이 선명해질수록 속앓이를 심하게 겪었다. 내게 주어진 삶을 누구보다 치열하게 살면서도 늘 타인을 의식했다. 아무도 눈치채지 못하는 나의 자존감도 타인과의 비교로 무너진다. 감추고 싶은 열등감을 더 깊숙이 넣기 위해 아등바등 살았는지도 모르겠다. 아들과 얘기할 때마다 은연중에 원초적 모습이 나왔었나보다. '엄마는 충분히 잘살고 있어' 하며 자신의 얘기를 들려주고 상처받지 않도록 위로한다.

로키산맥의 높은 산꼭대기는 만년설이 뒤덮여 나무나 풀 한 포기 자랄 수 없다. 산의 경계선 트리 라인Tree Line이다. 날씨에는 한랭전선과 온난전선이 있다. 전쟁이 일어나면

무장충돌이 일어나는 전선戰線이 형성되는 것처럼, 자연뿐 아니라 세상 곳곳에 수많은 경계선이 있다. 단지 선 하나의 작은 차이일 뿐인데도, 생명이 살기도 하고 죽기도 한다.

솔트 라인과 트리 라인처럼 미세한 차이로 벌어지는 곡절과 갈등이 수없이 많다. 한 끗 차이로 나의 자존감이 높아진다는 사실을 잊고 있었다. 어제의 나와 오늘의 나를 비교하면 분명 존재감이 뚜렷해졌다. 나름 성장하는 삶을 살아왔다. 지금 이대로 멈추지 않고 '나로 살기'로 한다. 가끔 잊어버리고 혼돈을 겪을 때면 비수로 꽂힌 그 말을 기억해야지.

아들을 만나고 귀가하는 길이 평온하다. 가을이 한창인 풍경도 곁눈질로 보다가 이제야 비로소 창밖으로 온전히 바라본다. 조금 느리게 천천히 가야겠다.

카이로스Karois

물고기가 낚싯줄에 매달려 힘겨운 사투를 벌이고 있다. 물고기만 살려고 몸부림치는 것이 아니다. 줄을 잡은 낚시꾼과 그의 동료들도 온몸을 다해 휘청이며 끌어올리려고 한다. 물고기가 이겼다. 보는 이로 하여금 긴장감을 유발하는 영상과 음악을 더해 손에 땀을 쥐게 하더니 허탈했다. 연예계를 대표하는 자타공인 낚시꾼들의 허망한 표정이 정지된 화면처럼 몇 초간 이어졌다.

조금 전 놓친 고기에 대한 미련을 털어내지 못하던 출연자의 모습에 마음이 동요되었다. 낚시에는 문외한이지만 최근 쇼핑하면서 겪었던 일과 비슷한 부분의 아쉬움이 있었다. 며칠 전 스마트폰 쇼핑앱에서 몇 시간 동안 검색해서 마음에 드는 옷을 장바구니에 담아놨다. 바로 결제하지 않은 것은 내 나름대로 한번 더 생각하고 같은 제품을 더 싸게 살 수 있는지 검색하려는 요량이었다. 몇 시간 뒤 구매하려고 들어가보니 장바구니에 있던 물건이 없어졌다. 처음에는 쇼핑을 안 한 줄로 착각했다. 그 뒤 몇 번 더 장바구니에 물건이 없어지는 걸 보고서는 즉시 구매하지 않으면 소용없다는 걸 알았다. 속담에 '놓친 고기'가 크다고 하더니 아쉬

212

움은 배가 되었다. 결정장애가 있는 스스로에 대한 책망으로 이어졌다.

얼마 전 뉴스에서 '타임마케팅'에 대한 정보를 보고 스마트폰에서 했던 쇼핑에 대한 이해가 수월해졌다. 불경기와 함께 온라인뿐만 아니라 오프라인에서도 특정일이나 특정 시간을 정해 일정 시간에 초특가 상품을 판매하는 '타임세일'이라는 전략을 펼치고 있다. 최근에 알게 되어 틈만 나면 들여다보게 된 쇼핑앱은 하루 24시간을 세분화해 다양한 상품을 파격가에 판매하고 있다. 시간별로 상품을 제한된 수량만큼 팔기 때문에 조금이라도 늦으면 매진되는 게 다반사였다. 노력하지 않고 얻어지는 것은 없다고 하더니 좋은 상품을 저렴하게 사려는 것도 노력과 집념이 필요했다. 상품을 볼 줄 아는 안목과 순간의 선택에 따른 빠른 결정이 요구되었다.

한동안은 휴대전화를 끼고 살았다. 타임세일 알람이 울리면 득달같이 달려가 검색을 하거나 수시로 스마트폰을 보게 되었다. 호기를 놓치지 않으려는 내 모습에서 그리스 로마 신화에 나오는 카이로스를 본다. 그리스어로 기회 또는 특별한 시간을 의미한다. 카이로스는, 왼손에는 저울과 오른손에는 칼을 들고 있다. 앞머리는 길지만, 뒷머리에는 머리카락이 없다. 발에는 날개가 달려 있다. '이것이 기회다'라는 판단을 할 때 저울에 달듯이 정확해야 하고 칼로 자르듯이 단호한 결정이 필요함을 상징한다. 앞머리가 길어서 기회를 잡으면 놓치지 않고 쉽게 잡을 수 있다. 반면 시기를 놓치면 뒷머리에 머리카락이 없어서 잡을 데가 없다. 기회를 놓치면 날개 달린 발로 눈 깜짝할 사이에 달아나고 만다. 언제가 기회인지, 어떤 일이 기회인지를 분별할 수 있는 지혜가 필요함을 보여주고 있다.

기회는 우연히 찾아왔다. 일로 알던 분으로부터 관내 4년제 대학교에 유학생 대상으로 강사를 찾는다며 연락을 주셨다. 기존 수업이 일정대로 짜여 있어서 틈이 없었지만 망설임 없이 욕심나는 자리였다. 다른 때 같으면 선택하는 데 오래 걸렸을 텐데 이번에는 단호한 결정을 내렸다.

십오 년 남짓 수업했던 학교를 그만두었다. 십 년이 넘는 세월 동안 아이들과 함께했던 순간이 떠올라서 눈물이 났다. 돌이켜보면 그 과정도 순탄하지 않았지만, 언제든 그 자리에 있을 생각이었다. 그러던 중 기회의 신 카이로스가 내게 왔다. 앞머리를 잡아야 한다. 기회는 그냥 오지 않으며 기회가 오면 잡아야 한다는 절실함이 있었다. 호기를 알아채는 것은 내 몫이다. 그런 의미에서 이번 결정은 정말 잘한 일이다.

내 두 손에 힘없이 늘어진 물고기가 마지막 힘을 다해 파닥거린다.

절정으로 꽃 피다

노년의 아름다움이 무대 위에서 빛나고 있다. 화려한 조명 아래 파격적인 변신으로 그 어느 때보다 자신감 있고 당차게 인생의 황혼길을 걷는다. 결승점으로 향하는 시니어모델의 인생 이야기부터 무대는 펼쳐진다.

집에 있는 시간이 많아지면서 텔레비전을 보는 일이 늘었다. 특히 트로트 경연을 방송사마다 경쟁하듯 벌여서 놓치지 않고 챙겨보는 재미로 시간을 보냈다. 파란만장한 삶을 살아온 출연자들의 사연에 더해진 구슬픈 노래에 눈물을 흘리기도 하고, 공감이 되기도 했다. 여기저기 채널을 돌리면서 알게 된 사실은 다양한 경연이 많다는 것이다. 그러다가 50세 이상의 남녀가 도전해서 펼치는 시니어모델 오디션 프로그램을 보게 되었다. 채널을 돌리다가 결승 진출자 일곱 명의 경연부터 보게 되었는데 시선을 뗄 수 없을 정도로 강렬해서 애청자가 되었다.

내 또래 연배로부터 70대 이상까지 인생 후반전에서 다시 도전하는 열정적인 그들의 모습에서 희망을 읽었는지도 모른다. 처음 보게 된 장면은 결선에 오른 일곱 명의 도전자들이 표현하는 '아트워크 미션'이었다. 인생의 가장 찬란

215

한 시절인 '화양연화'를 각자의 키워드를 중심으로 표현했다. 이야기가 있는 무대는 굴곡진 인생의 아픔과 그 아픔을 딛고 살아온 사람을 여실히 보여주었다. 지난 임무에서 탈락 후보였던 출연자는 로커 스타일로 파격 변신을 시도하며 '해방'을 표현했고, '청춘', '유혹' 등의 키워드로 각자의 인생을 담아 연출했다. 이번 미션에서 우승자가 된 70대 초반의 여성은 '이별'을 선택했다. 55년 전 첫사랑과 집안의 반대로 이별했었는데, 이제는 첫사랑과 끝내고 싶다며 아련한 감정을 풀어냈다.

사십대의 마지막 날은 우울했다. 쉰 살이 된다는 것이 믿기지 않았고, 거울에 비춘 얼굴은 주름살이 흉하게 돋보였다. 2학기에 자유학기제 수업으로 여중학교에서 바느질을 가르쳤다. 38년 만에 내가 다니던 학교에서 후배들을 가르치는 감회가 남달랐다. 교문을 들어서면서부터 예전 모습이 남아 있는 운동장과 낡은 건물이 가슴을 뛰게 했다.

시니어모델들의 무대를 보면서 내 인생의 '화양연화'에 대한 고민이 깊어졌다. 가장 찬란하고 아름다웠던 시절이 과연 언제였을까? 중학교와 고등학교 시절의 나는 공부도 곧잘 했고, 앞에 나서서 활동할 정도로 적극적이었다. 졸업 후 직장생활을 하다보니 조금씩 적극성이 사라지고 나도 모르게 위축되는 기분이었다.

결혼하면서 조금씩 활기를 되찾았다. 넉넉한 살림은 아

니었지만 내 이름 석 자로 하고 싶은 일 하고 배우고 싶은 거 배우면서 살 수 있었다. 그렇게 살 수 있었던 가장 큰 지지자는 물론 남편이었다. 스물다섯 해를 함께 살아오면서 별것 아닌 일로 다투기도 했다. 위기 앞에서는 의견을 모으고 소소한 행복을 누리면서 결혼생활을 잘해왔다. 100세시대가 도래하고 있으니 인생은 아직 멀었다. 해야 할 일도 많고 이루고 싶은 꿈도 많다. 앞으로도 지금보다 더 나은 정점을 향해 나아가고 싶다.

올해는 여유가 생기면서 쓸데없는 잡념이 많아졌다. 노래로 위로받고 타인의 삶에서 위안을 얻으며 우울감에서 벗어나 희망을 찾는다. 나이가 드는 것에 대한 두려움도 극복하고 대중가요의 한 줄 가사처럼 '오늘이 가장 젊은 날'로 살고 있다.

황혼의 무대 위를 걷는 도전자와 달리 내 인생의 키워드는 그때마다 다르고 화양연화는 아직 진행 중이다. 지금이야말로 가장 찬란하게 빛나고 있으니 말이다.

위로와 깨우침, 좌절하지 않는 희망이 되기를
─ 한기연 작가의 삶과 문학

반숙자/ 수필가

부지런한 꿀벌은 슬퍼할 틈이 없다. 꿀벌은 꿀을 얻을 수 있는 꽃을 안다. 이런 격언을 생각한다. 한기연 작가의 글을 읽고 난 후, 첫 느낌이 바로 꿀벌이다. 수필이 작가의 일상성이 나타나는 친근한 문학이기에 꿀벌과 연관이 지어진 것이다. 우선 이 작가는 부지런하다. 월요일부터 일요일까지 하루도 빼놓지 않고 삶의 현장에 있다. 필요한 곳에 필요한 것이 되어 동분서주하며 50대의 삶을 촘촘하게 수놓는 중이다. 그 속에서 잠을 줄이며 써낸 글이 한 권의 수필집으로 완성됨을 기쁜 마음으로 축하한다.

한기연 작가는 시인으로 등단해 이미 오래 전에 시집을 낸 중견 시인이다. 이 작가를 처음 만난 것은 27년 전이다. 음성에 한국문인협회가 인준되어 출범하고 문학 인구 저변 확대를 위해 여성백일장을 열고 입상자들을 모아 동인을 결성했다. 그 가운데 한기연 작가도 참여했다. 아직 어린 두 아들을 데리고 모임에 나오는 30대 초 젊은이었다. 그때 산문에 남다른 재능이 보여 산문 쓰기를 권했지만 본인이 시 쓰기를 원했다. 그러나 시간의 흐름에 따라 수필 쓰기에 재미를 얻어 틈이 나면 수필을 쓰고 지방 신문에도 칼럼을 쓴다.

한기연 작가는 음성의 보배다. 한국문인협회 음성지부 사무국장을 오랫동안 역임했고 시동인 '둥그레' 회장을 역임했으며 현재는 음성문인협회 회장으로 열과 성의를 다하고 있다. 그뿐이 아니다. 개인적으로 대학원에 진학하여 전문성을 기르더니 지금은 박사과정에 열중하고 있다. 그런데 놀라운 것은 학부 공부도 힘든 상황에 도내 4년제 대학에서 강의를 하고 또 다른 곳에서 외국인을 상대로 한국어 강의까지 맡고 있다. 여기에 전문 공예강사로 부르는 곳마다 달려간다. 이 시대 지성인들의 삶의 모습을 대변해주고 있다.

수필은 더할 수도 뺄 수도 없는 자신의 모습이다, 이것을 인정할 때 자기다운 글을 쓴다. 나는 여기에서 입버릇처럼 달고 사는 수필은 삶을 담은 그릇이라는 사실을 상기한다. 삶이 바뀌지 않고는 글도 바뀌지 않는다. 그러므로 그 사람만이 쓸 수 있는 글, 자기다운 색깔이 드러나는 글, 살아온 삶을 담아내는 진솔한 글쓰기를 권장한다.

제1부 '뒤안길 사람을 보다'는 사회성 있는 글이다. 작가

가 접하고 있는 사회, 그리고 우리가 사는 사회에서 관심 있고 공감하는 대목을 찾아 지방 일간지 칼럼으로 쓰고 있다. 사건의 전말을 통찰하는 지혜, 예리한 추리력이 바탕이 되어 사실감 있게 쓴 글들이다. 작가는 오랫동안 외국인 대상 한국어 강사로 활동하고 있다.

　　한국 사회 이해는 영주권이나 국적 취득을 목적으로 사회, 문화, 경제, 정치, 역사, 지리 부분으로 구성되어 있다. 7년여 동안 가르치면서 교재를 스무 번 넘게 봤지만, 한국인인 나도 어려운 내용이다. 그 내용을 쉽게 전달하기 위해 공부를 할 수밖에 없었다. 그런 과정을 겪으면서 역사적 기록에서 사람이 보이기 시작했다. 일제강점기에 열여섯 어린 나이에 만세운동을 하다 서대문형무소에서 모진 고문으로 순국한 유관순 열사의 앳된 얼굴을 보며 가슴이 먹먹했다. 그 나이에 조국을 가슴에 끌어안은 소녀의 심정은 어땠을까?
　　　　　　　　　　　　　　　　　　 ―「뒤안길, 사람을 보다」 중에서

　　성숙한 글이다. 일반 수필가들이 서정성 짙은 글로 감동을 준다면 이 작가는 역사의 뒤안길을 열어보고 다양한 외국인들을 지도하면서 남다른 예지를 보여준다. 이 글뿐만 아니라 5부에 있는 글들이 우리 사회 현상과 이 시대의 고민을 담고 있다. 바람직한 일이다. 역사를 잊은 민족은 존재

할 수 없는 것처럼 글 쓰는 사람들이 사회참여에 나서야 함을 보여준다. 다만 시를 쓰고 수필을 쓰면서 수필이 갖는 고유의 핵에 좀 더 다가서기를 바란다. 그것은 서정성과 의미 도출, 여기에 나만의 언어 찾기가 필요하다, 모든 경험은 그 작가의 언어에 의해 완성되기 때문이다. 시적 언어와 산문적 언어의 뉘앙스가 다름에서 기인한다.

제2부는 '가족 이야기'다. 가족은 친정어머니와 남편과 아들 형제. 그리고 친척과 한 걸음 더 나아가서 이웃이다. 작가는 「낡은 의자」에서 친정어머니의 일상을 보여준다. 집에 종일 혼자 있기가 무료한 어머니가 집 뜰에 낡은 의자를 놓고 지나다니는 사람을 구경한다. 어떤 이는 말을 붙여주고 어떤 이는 음식을 나누어준다. 여기서 작가는 「천금千金 이웃」의 모티브를 발견한다.

오랫동안 혼자 계시는 엄마를 살뜰히 챙겨주시는 이웃을 보면서 '한 아이를 키우려면 온 마을이 필요하다'는 아프리카 속담이 생각났다. 그 말이 이제는 무릇 아이뿐 아니라 노인분에게도 들어맞는다. 홀로 계시는 엄마를 관심 있게 지켜보고 보살피는 이웃이 없었다면 어땠을까? 지금처럼 내 일에만 전념하며 지낼 수 있었을까? 마을의 모든 분이 엄마를 관심 있게 보고 마음을 써주시니 딸보다 낫다는 생각에 부끄러웠다.

한기연 작가의 글에서 자주 등장하는 어머니, 그로 인해 깨닫는 이웃의 소중함을 발견하는 작가의 치밀함이 엿보이는 작품이다. 다른 문학은 마음속에 얻은 것을 밖으로 펼쳐 내지만 수필은 밖에서 얻은 것을 안으로 삼킨다. 그러므로 수필의 대상은 자기 자신이다. 이 글에서 이웃을 통한 자신의 부끄러움을 발견하는 것이 중요한 부분이다.

다음은 아들 이야기다.

"TV 채널을 돌리다가 잠시 멈춘다. 링 위에서 킥복싱을 하는 장면이다. 사춘기를 혹독하게 치른 아들이 의지한 운동이기도 하지만 그날의 시합이 어제처럼 떠오른다."

「3분 3라운드」의 서두다. 둘째 아들이 중학교 2학년 때 정점을 찍은 반항이 킥복싱으로 전향했다. 배우겠다는 의견에 찬성하며 학원에 데려다주고 데려오면서 어느 날 시합에 출전한다. 아들은 1라운드에서는 상대의 얼굴 등을 가격하며 예상 외로 선전했으나 2라운부터는 코너에 몰렸다.

아들은 눈 옆에 피가 나고 제대로 걷지도 못하면서 링을 내려왔다. 관중들은 졌지만 잘 싸운 아들을 향해 박수를 치고 '잘했다'라는 말을 해줬다. 새삼 아들이 자랑스러웠다. 서로 때리고 맞는 경기를 왜 하는지 이해할 수 없었지만, 좋아하는 일을 위해 스스로 노력하고 연습한 것을 알기에 대견스러웠다.

(중략)

인생의 굴곡을 헤쳐가는 아들을 응원한다. 그날, 링 위에 서기 위해 흘렸던 땀과 링 위에서 싸우던 용기 있는 모습을 기억할 것이다. 어떤 난관에 부딪혀도 무너지지 않길 바란다. 링 아래에서 함께 응원하는 부모형제가 네 편이라는 것을 말해주고 싶다.

—「3분 3라운드」 중에서

이 글을 길게 분석하는 것은 이 글이 단지 작가의 아들에게만 주는 글이 아니라는 데서 기인한다. 지금 우리 젊은 세대가 겪는 삶의 고달픔은 링 위에서 싸우는 선수들과 같다. 누가 이기느냐 사생결단하는 생존경쟁의 대결이다. 작가는 자기 아들의 이야기를 통해서 더 넓은 세상의 젊은이들을 응원한다. 인간은 사랑받을 때 가장 행복하고 하지 않던가. 세상 부모를 대신한 사랑의 기록이다.

제3부 '바람길'은 여행하며 쓴 글이다. 어느 글보다 자유롭다. 작가는 바쁜 생활 짬을 내어 강원도로 홍콩으로 시드니로 여행길에 오른다. 학술대회에 참가하기 위한 목적 있는 여행도 있지만 정신적 여유를 위해 떠나기도 한다. 그러

한 여행 중에 느끼는 깨달음이 바로 삶을 충전하는 활력소로 작용한다.

아무것도 하지 않아도 그저 다른 하늘 아래에서 물을 바라보는 것만으로도 치유되는 힘은 어디서 오는 걸까? 함께 왔지만 나 혼자 상념에 빠져 있어도 서로 방해가 되지 않고 기다려주는 아들이 고맙다. 아들과의 여행을 좋아하는 이유 중하나는 서로의 자유를 존중하기 때문이다. 어릴 때부터 지금까지 병치레가 잦았던 큰아들은 유독 마음이 쓰인다. 어린 아들과 서울대학병원으로 진료를 받으러 가면서 서울 구경을 했다. 진료의 불안보다는 여행의 기억으로 설렘을 안겨주고 싶었다. 나와 성향이 비슷해서인지 아니면 내게 맞추는 아들의 배려인지는 몰라도 함께하는 일이 많았다. 제부도로 1박 2일 여행을 갔을 때도 그랬다. 그때 가장 기억에 남는 것은 카페에서 머문 것이다. 바다가 보이는 예쁜 카페에서 나란히 앉았다. 나는 파도가 철썩이는 바다와 물새를 물끄러미 바라보며 글감을 찾으려고 생각에 잠겼다. 그 옆에서 아들은 노트북으로 일을 하며 각자의 시간을 보냈다.

—「완전한 자유를 그리며」 중에서

작가는 어려서부터 지금까지 병치레가 잦은 큰아들과 함께 일본 여행 중이다. 몸이 약한 것이 문제이지 작가의 성향과 많아 닮아서 둘이는 자주 여행을 한다. 보기 드문 일이다. 딸과 함께 여행하는 일은 많지만 장성한 아들과 둘이서 하는 작가의 열린 의식이 한발 앞선 느낌이다. 작가는 글의 말미에 "서로의 생각은 달라도 구속하지 않는 자유가 하늘을 날고 있다"고 여행의 진수를 고백한다. 아름다운 결미다.

제4부 '파장'은 문학과 예술에 대한 글이다. 작가는 시인으로 시집을 내고 틈틈이 수필을 쓴다. 거기에 무엇보다도 음성문인협회 사무국장을 역임하고 현재는 회장으로 큰 역할을 하고 있다. 글은 편편이 꾸밈없는 생활을 보여준다. 작가가 시인으로 우뚝 설 수 있게 디딤돌이 되어준 고등학교 시절 글동아리 '길문학'을 회상하고, 영화를 보고 젠더 회고록을 쓰며 어려운 시절을 살아낸 노인들의 삶을 조명한다. 그 가운데서도 「잘했어 힘내!」를 살펴본다. 이 글은 음성문인협회에서 봄 문학기행으로 봉평에 있는 이효석문학관을 다녀온 후 시행착오가 있어 번민한다.

30여 년 전 문학이 좋아 글을 쓰다가 회원으로 참여하면서 단체활동을 했다. 사무국장을 한 지도 벌써 십오 년이 지났다. 사무국장을 할 때 초등학교에 다니던 어린 두 아들을 남편에게 맡기고 일주일에 서너 번은 바깥으로 돌았다. 그때 둘째 아들이 했던 말을 아직도 기억한다. 저녁마다 외출해서 자주 못 보는 나에게 '엄마는 내 옆에 없지만 내 가슴에 있어'라고 말했다. 어린 나이에 그런 말을 하는 아들을 보면서 내 마음이 따뜻해졌다.

— 「잘했어 힘내!」 중에서

이렇게 애면글면 매달린 끝에 작가는 문인협회 회장을 맡게 된다.

한국문인협회에서 전국 180여 지부 중에서 2개 지부에 수여하는 우수지부로 음성 문인협회가 선정되었다. 가을빛이 꽃길처럼 열린 길을 따라 상을 타러 서울로 간다. 교통체증도 즐길 만큼 여유가 생겼다. 누구라도 붙잡고 하소연하면서 주저앉고 싶을 때 '조금만 더 힘내'라고 가슴에 상을 안겨주신다. 지역 문인협회의 어려움과 수고로움을 잊지 않고 '우수지부'로 인정해주심에 감사하다. 개인적인 기쁨은 말할 것도 없고 단체로서도 영광이다. 전국대표자 회의에서 우수 사례 발표도 하게 되니 더 뜻깊다.

— 「잘했어 힘내!」 중에서

그런가 하면 스승의 책을 깊이 있게 읽고 자신을 성찰하는 깊이가 진지하고 문학도로서의 자세를 보여준다. 여기에 재미있고 생각하게 하는 수필이 있다. 이곳에서는 해마다 열리는 축제가 있다. 그 축제의 주역들이 바로 예총 회원들이다.

　하얀 색 울타리에 넝쿨로 뻗어간 붉은 장미꽃이 선명하다. 잠시 걸음을 멈추고 그 앞에 선다. 꽃잎 하나하나가 모여 탐스러운 꽃 한 송이가 되고 초록의 잎사귀가 어울려 피어 있다. 저 혼자 잘났다고 핀 것이 아닐 게다.

— 「꽃무리」 중에서

　서두의 암시가 긴장하게 한다. 작가는 무슨 이야기를 하려고 꽃잎을 섬세하게 표현했을까. 어떤 소재에 어떤 주제를 내포했을까. 수필에서 소재는 일상적이지만 주제는 광범위하고 깊이 있고 선명해야 한다. 그래야 독자가 다음 글을 기대한다.

　'품바, 스물다섯 살 청춘이 되다'가 올해 축제의 슬로건이다. 인생에서 가장 아름다운 청춘이 붉은 장미꽃처럼 흐드러지게 피었다. 어우러져 피면서 더욱 아름다운 꽃처럼 모두가 함께여서 축제는 빛난다. 청춘의 시간으로 자리매김하기까지 '예술'로 하나가 된 예총 회원들의 열정이 있었다. 축제에 와서 사랑과 나눔을 되새길 수 있으면 좋겠다. 잔치는 벌어졌으니 누구나 와서 즐기면 그뿐이다. 장미 향이 흥겨운 축제장에 가득하다.

— 「꽃무리」 중에서

작가는 이 글에서 예총 회원들을 꽃잎으로 대체하면서 어우러짐, 함께하기, 더불어의 주제를 단단하게 나타냈다.

제5부는 자신에 대한 이야기다. 「아름다운 마침표」는 우리 시대의 공통된 숙제를 다룬 글이다. 작가는 홀어머니를 모신다. 치매기가 있는 어머니는 '노인유치원'이라 불리는 주간보호센터를 다닌다. 이 과정에서 자신의 확고한 의지를 발견한다.

100세시대를 감안하면 70대 후반의 엄마는 연세가 그리 높은 편은 아니다. 그런데 하루하루 몸과 마음이 피폐해진다. 모시는 일이 결코 녹록지 않음을 실감한다. 아픈 엄마를 모시면서 나도 언젠가 나이가 들면 가족의 도움이 필요할 때가 올 수도 있겠다는 생각이 들었다. 남편에게 기대는 것은 괜찮지만 자식에게 짐이 되고 싶지 않다. 고수련도 쉽지 않은 일임을 엄마 곁에서 겪은 까닭이다. 건강하게 오래 사는 것은 몰라도 아프면서 오래 산다면 당사자는 물론 모두가 고통스러운 일이다.

그 무렵 죽음에 관련된 주제로 학술대회가 열렸다. 학술대회에서 '사전연명'에 대한 주제에 솔깃해졌다. 만일 내게 사고가 발생해서 의료상의 치료가 필요할 경우 생명을 연장하려는 조치를 거부한다는 내용이다. 정확한 명칭도 몰랐었는데 강의를 통해 알게 됐고 실행으로 옮겨야겠다는 확신이 섰다.

—「아름다운 마침표」 중에서

한기연 작가는 이 글에서 '사전인명의료의향서'를 스스로 준비하겠다는 의사를 분명히 한다. 노인 인구가 폭발적으로 늘어나는 작금의 세상에 목숨을 연명만 한다고 해서 사는 것이 아니라는 것을 이야기한다.

현실적인 문제에 깊이 천착하면서 작가는 자기만의 고요가 절실해지면 연화지를 찾는다. 이 글에는 가쁜 호흡의 현실보다 한 발 느린 자연이 있고 마음의 여백이 있다.

연꽃은 진흙 속에 핀다. 물이 맑아야 꽃이 예쁠 것 같지만 물기를 많이 빨아들이면 꽃 색깔이 예쁘지 않다고 한다. 오히려 탁한 진흙 속에서 더 진하고 아름다운 꽃을 피운다. 진흙 속의 연꽃처럼 우리 인생도 어려움 속에서 고난을 이겨내고 아름다운 결실을 맺는다.

아무 생각 없이 연꽃을 보니 고요함이 밀려든다. 일상의 소음과 멀어지니 여유도 생긴다. 아침부터 저녁까지, 일주일 동안 쉴 틈 없이 종종거렸다. 알게 모르게 받는 스트레스를 풀러 가끔 미타사를 찾는다. 거대한 지장보살 앞에서는 근심이 사라진다. 연화지에서 물끄러미 수면 위 연잎과 이름 모를 벌레를 바라본다. 세상일이 마음 하나로 바뀌는 순간이다. 별반 다를 것 없는 석양도 황홀하게 눈부시다.

— 「해거름 연화지에서」 중에서

작가는 많은 일 속에 산다. 다양한 사람들을 만나고 시간을 쪼개 총총히 사노라니 힘든 일이 왜 없겠는가. 필경 이 글을 쓴 날도 무슨 일이 있었을 것이다. 다행히 작가에게는 믿음직한 반려가 있다. 여기저기 글 속에 그 반려가 주는 위로와 반려에게 준 상처에 대한 성찰이 나온다. 작가가 글을 쓰지 않았다면 이런 여백을 찾을 수 없을 것이다. 솔직담백함을 높이 산다. 글이 사람을 만들어 가기 때문이다. 글쓰기는 물러서서 숨 고르기의 좋은 기회다.

부지런한 꿀벌이 모은 꿀은 사람을 이롭게 한다. 부디 한기연 작가가 심혈을 기울여 쓴 이 글이 많은 독자에게 위로와 깨우침, 그리고 좌절하지 않는 희망이 되기를, 그리고 작가에게는 우리 사회가 필요로 하는 인물로 성장하기를 기대하며 발문을 맺는다.

한기연 수필집
뒤안길, 사람을 보다

지은이_ 한기연
펴낸이_ 조현석
펴낸곳_ 북인
디자인_ 푸른영토

1판 1쇄_ 2024년 11월 30일

출판등록번호_ 313 - 2004 - 000111
주소_ 서울 마포구 동교로19길 21, 501호
전화_ 02 - 323 - 7767
팩스_ 02 - 323 - 7845

ISBN 979-11-6512-103-7   03810
ⓒ한기연, 2024

이 책은 ❀충청북도, 충북문화재단의 후원을 받아
예술창작활동지원사업의 일환으로 발간되었습니다.